단단한 남자

Beautiful Bombshell

크리스티나 로런 지음
이미정 옮김

애 인 이 아 니 어 도 좋 아

단단한
남자

르느아르

Beautiful Bombshell

베넷 라이언
•

1

"맥스 스텔라에게 네 총각파티 계획 짜는 것을 도와달라고 한 건 내가 한 일 중에서 가장 잘한 일이야."

이렇게 중얼거리는 헨리 형을 나는 슬쩍 훑어보았다. 헨리는 한 손에 보드카 김렛(보드카와 라임주스를 섞은 칵테일-옮긴이)을 들고 호화스러운 가죽 의자에 기대어 앉아 있었다. 최근에 비밀스러운 곳에서 사적인 '회의'를 마치고 돌아온 그는 지금까지 한번도 본 적 없는 환한 웃음을 짓고 있었다. 헨리는 내게 말하면서도 날 보지 않았다. 느리게 고동치는 음악에 맞추어 무대 위에서 스트립 댄스를 추는 아름다운 세 여자를 바라보고 있었다.

"다음에도 꼭 맥스에게 맡겨야겠어."

헨리가 잔을 입술에 가져다 대면서 중얼거렸다.

"총각파티는 딱 한 번만 할 계획인데."

내가 말했다.

"음, 그럴까?"

맥스의 절친한 친구이자 사업 파트너인 윌 섬너가 몸을 앞으로 숙여 헨리의 눈을 바라보았다.

"네가 지금 여기서 이러고 있는 걸 네 마누라가 알면 두 번째 총각파티를 계획해야 할지도 모르지. 지금 분위기로 봐서는 저 여자들이 일반적인 랩 댄스만 추고 끝낼 것 같지 않거든."

"아냐, 아냐. 전에는 진짜 랩 댄스만 췄어."

헨리가 손사래를 치면서 말하고는 내게 윙크하며 미소를 지었다.

"물론 아주 환상적인 랩 댄스였지."

"거기가 단단해질 정도로?"

내가 농담조로 슬쩍 물어보았다. 하지만 불쾌한 어조를 완전히 감출 수는 없었다.

헨리가 웃으며 고개를 가로젓고는 술을 한 모금 마셨다.

"그 정도로 좋지는 않았어, 벤."

그 말에 나는 안도의 한숨을 쉬었다. 형이 미나 형수를 두고 바람을 피울 리가 없다는 건 잘 알고 있지만 나보다는 '들키지만 않

'으면 괜찮다'는 식에 훨씬 더 가까운 사람이었다.

클로에와 6월에 결혼할 예정이지만 맥스와 헨리, 윌과 함께 내 총각파티를 즐길 수 있는 날은 2월 둘째 주 주말뿐이었다. 밸런타인데이에 여자들만 떼어놓고 라스베이거스로 가서 총각파티를 즐기기는 상당히 힘들 거라고 생각했다. 그런데 언제나 그랬듯이 여자들은 눈 하나 깜박이지 않고, 간단하게 자기들끼리 캣스킬로 주말여행을 떠나기로 했다.

맥스는 백 퍼센트 방탕한 주말을 즐길 곳으로 최고급 클럽을 골랐다. 이 클럽은 분명 온라인에서 검색하거나 라스베이거스 스트립을 거닐다가 우연히 찾을 수 있는 그런 곳이 아니다. 솔직하게 말해서 '블랙하트'라는 이 클럽은 바깥에서 봤을 때 그다지 근사해 보이지 않았다. 복잡한 라스베이거스대로에서 두 블록 떨어진 밋밋한 건물에 있기 때문이다. 하지만 안으로 들어서 잠긴 문 세 개와 뉴욕의 내 아파트만큼 덩치가 큰 기도 두 명을 통과해 어두컴컴한 건물 깊숙이 중심부에 이르자 후끈 달아오르는 열기에 휩싸인 호화로운 클럽이 나타났다. 널찍한 메인 룸에는 나지막한 단상들이 점점이 흩어져 있었고, 그 단상마다 반짝거리는 은색 란제리를 걸친 댄서가 한 명 올라서 있었다. 네 모퉁이에는 검은 대리석 바가 놓여 있었고, 대리석 바마다 각기 다른 주류가 진열되어 있었다. 헨리와 나는 보드카 바에 죽치고 앉아 캐비아와 그라브락스, 블리니를 먹었다. 맥스와 윌은 곧장 스카치 바로 향했다. 나머지 두 바에는 각종 와인이나 청량음료가 있었다.

사치스러운 플러시 가죽으로 장식된 가구는 놀랍도록 부드러웠고, 의자는 상당히 커서 둘이 앉아도 될 정도였는데… 혹시라도 우리 중 누군가가 함께 춤추자는 제의를 받는다면 유용하게 쓸 수 있는 의자로 보였다. 라텍스 비키니 차림 외에 아무것도 걸치지 않은 여자들이 음료를 날랐다. 호스티스 지아는 처음에 레이스 달린 붉은색 슈미즈와 팬티 차림에 우아한 보석들을 머리와 귀, 목에 걸고 있었다. 그런데 우리를 보러 올 때마다 뭔가를 벗어던지는 것 같았다.

나는 이런 곳에 자주 드나들지 않지만 이곳이 평범한 스트립 클럽이 아니라는 건 알 수 있었다. 욕이 나올 정도로 정말 인상적인 곳이다.

"문제는 말이야."

헨리의 목소리에 내 생각이 흩어졌다.

"예비 신랑이 언제 랩 댄스 서비스를 받느냐는 거야."

주변에서 부추기는 소리가 들렸지만 나는 고개를 설레설레 흔들었다.

"난 빼줘. 랩 댄스는 진짜 내 취향이 아니거든."

"끝내주게 섹시한 낯선 여자가 네 무릎 위에서 춤을 춘다는데 어떻게 그게 취향이 아니라고 말할 수 있지?"

헨리가 믿을 수 없다는 듯 눈을 크게 뜨고 물었다. 형과 사업차 여행을 갔을 때는 한 번도 이런 클럽에 간 적이 없었다. 내가 이런 곳을 극히 싫어한다는 사실을 알고 형이 놀란 만큼이나 나도 형이 이런 곳에 열광한다는 사실에 놀랐다.

"너, 따뜻한 피가 흐르는 남자 맞아?"

나는 고개를 끄덕였다.

"물론이지. 그래서 이런 곳을 싫어하는 것 같아."

"헛소리하지 마."

맥스가 이렇게 말하며 술잔을 탁자에 내려놓더니 저 멀리 어두컴컴한 구석에 있는 누군가에게 손을 흔들었다.

"오늘은 네 총각파티 첫날 밤이라고. 랩 댄스는 필수야."

"다들 놀랄지 모르겠지만 나도 베넷과 같은 생각이야."

윌이 말했다.

"낯선 여자에게 랩 댄스 서비스를 받는 건 아주 끔찍해. 손은 대체 어디에 둬야 하지? 눈은 또 어디에 두고? 연인과 있는 것과는 완전히 다르다고. 랩 댄스는 너무 비인간적이라는 느낌이 들어."

하지만 헨리는 윌이 근사한 랩 댄스 서비스를 한 번도 받은 적이 없는 게 분명하다고 말했다. 그때 맥스가 일어나 우리 탁자 옆에서 난데없이 튀어나온 것 같은 한 남자와 이야기를 나누었다.

그 남자는 맥스보다 키가 작았는데, 이런 경우를 목격하는 게 그다지 어려운 일은 아니었다. 관자놀이가 희끗희끗한 남자는 많은 일을 했고 그보다 더 많은 일을 보고 산 사람처럼 눈빛과 표정이 차분했다. 검은색 정장은 먼지 하나 없이 깨끗했고, 입술은 일자로 꽉 다물고 있었다. 비행기를 타고 오면서 맥스가 말한 악명 높은 조니 프렌치라는 남자가 분명했다. 두 사람은 나를 설득해서 랩 댄스 서비스를 받게 할 궁리를 하는 것 같았다. 조니가 뭐라고 중얼거리자 맥스가 돌아서서 벽을 노려보며 인상을 찌푸렸다. 우리가 알고 지낸 동안 맥스가 여유를 잃은 적은 손에 꼽을 만큼 적어서 나는 대체 무슨 일인지 알아내고 싶어서 몸을 앞으로 숙였다. 헨리와 윌은 모든 것을 잊은 채 무대에서 나체로 춤추는 여자들에게 시선을 돌렸다. 마침내 어떤 결론에 도달했는지 긴장으로 경직됐던 맥스의 어깨가 풀렸다. 맥스는 조니에게 미소 지으며 말했다.

"고맙소, 친구."

조니는 맥스의 어깨를 툭툭 두드리더니 뒤돌아 떠났고 자리로 돌아온 맥스는 술잔으로 손을 뻗었다. 나는 조니가 빠져나간 검은 커튼 뒤쪽의 통로를 턱으로 가리키며 물었다.

"대체 무슨 이야기를 나눈 거야?"

"아, 그거. 널 위해 준비한 룸에 관해 이야기했지."

"날 위해서?"

나는 한 손으로 가슴을 누르며 고개를 가로저었다.

"다시 말하는데 맥스, 난 관심 없어."

"헛소리하지 마."

"아주 작정을 했군."

"정확히 맞혔어. 조니가 넌 저 복도를 따라 내려가면 된다더라."

맥스는 조니가 나간 통로와 다른 통로를 가리켰다.

"그러고 해왕성 룸으로 들어가."

나는 끙 소리를 내며 의자에 등을 기댔다.

이 클럽은 이 동네, 아니 실제로 그 어느 곳에서도 찾기 힘든 가장 훌륭한 곳인 것 같다. 하지만 오늘 밤 라스베이거스에서 아무 댄서한테나 랩 댄스 서비스를 받는 일은 상한 초밥을 먹고 배앓이하는 일 다음으로 싫었다.

"사내놈답게 저 복도를 따라 걸어가서 네 아랫도리를 랩 댄서에게 내주라고."

맥스가 눈을 가늘게 뜨고 나를 노려보았다.

"내 말을 우습게 듣는 거야? 이건 빌어먹을, 네 총각파티라고. 네 원래 모습대로 행동해."

나는 맥스를 유심히 살펴보았다. 어서 자리에서 일어나라고 나를 부추기면서 왜 맥스 자신은 의자에 몸을 단단히 파묻은 채 자리를 뜰 생각이 없어 보이는지 궁금했다.

"네가 들어갈 방도 조니가 알려줬어? 넌 랩 댄스 서비스를 안 받을 거야?"

맥스가 스카치 잔을 기울여 입술에 갖다 대면서 웃음을 터뜨렸다.

"이건 랩 댄스야, 벤. 치과 의사를 찾아가는 일이 아니라고."

"젠장."

나는 술잔을 들어 올리며 진하고 맑은 액체를 노려보았다. 이곳에 들어서면 여자와 술, 어쩌면 법의 한계를 넘어설지도 모르는 일들이 있을 거라는 건 알고 있었다. 클로에도 이 사실을 알고 있었고, 내게 재미있게 보내라고 말했다. 그렇게 말하는 클로에의 눈빛에는 걱정이나 불신의 빛이 조금도 없었다. 사실 그럴 이유도 없었다.

나는 술잔을 입에 갖다 대고 단숨에 들이켜고는 투덜거렸다.

"제기랄."

나는 일어서서 복도로 걸음을 옮겼다. 오늘 밤 나와 함께 이곳에 온 일행은 자리에서 일어서는 나를 보고도 환호하지 않고 점잖게 앉아 있었다. 그럼에도 주 무대 왼편 복도로 걸어가는 내 등에 꽂히는 그들의 시선을 느낄 수 있었다.

통로를 지나자 양탄자가 검은색에서 짙은 감청색으로 바뀌었고, 공간이 메인 룸보다 훨씬 어두웠다. 벽지는 똑같은 검은색 벨 벳이지만 벽에 걸린 크리스털 등불에서 새어 나오는 불빛만이 내 앞길을 비추었다. 긴 복도 한쪽 면을 따라서 수성, 금성, 지구 등 행성 이름이 적힌 문들이 늘어서 있었다. 여자가 이미 방에 있을 까? 의자에 앉아 있을까? 아니면 더 끔찍하게도 침대가 있을까?

해왕성 룸의 문은 화려하고도 묵직해서 마치 어느 성에서 떼 왔거나 아니면 중세의 으스스한 지하 섹스 감옥에서 떼 온 것 같 았다. 빌어먹을 맥스! 나는 한차례 몸을 부르르 떨고는 문고리를 잡아 돌렸다. 강철봉이나 수갑, 여자도 보이지 않고 작은 은색 상 자가 놓인 긴 의자만 보이자 안도의 한숨이 새어 나왔다. 빨간색 실크 리본으로 장식된 상자에는 단정한 글씨로 '베넷 라이언'이라 고 적힌 하얀색 카드가 달려 있었다.

'좋아, 좋아. 라스베이거스의 아무개 댄서가 내 이름을 이미 알 고 있을지도 모른다는 거군.'

상자 안에는 검은색 새틴 눈가리개와 검은색 잉크로 '이것을 하 시오'라고 적힌 두꺼운 은색 카드가 들어 있었다.

랩 댄스 서비스를 받는데 눈가리개를 해야 한다고? 왜 눈가리개 가 필요하지? 오늘 밤에는 랩 댄스 서비스를 받고 싶지 않지만 그 렇다고 해서 과거에 즐겼던 랩 댄스가 어땠는지를 기억 못하는 것 은 아니었다. 지난 몇 년 동안 그 방식이 달라지지 않았다면 랩 댄스 서비스를 받을 때는 여자를 만지지 못하고 눈으로 보기만 해야한다. 그런데 눈가리개를 하면 여자가 들어왔을 때 대체 뭘 하라는 거지? 내가 여자를 만지는 일은 절대 없을 것이다.

나는 눈가리개를 의자에 내려놓고 벽만 뚫어지게 바라보았다. 시간이 재깍재깍 흘러갔다. 일 분 일 분이 지나갈 때마다 이 방에서 눈가리개를 하고 앉아 있을 수는 없다는 확신이 점점 강해졌다.

짜증이 차곡차곡 쌓이는 소리가 내 귓가에 들리는 것만 같았다. 그 소리가 마치 으르렁대는 사자 울음소리와 파도 소리, 타닥타닥 타오르는 불길 소리처럼 들렸다. 나는 눈을 감은 채 세 차례 깊이 숨을 쉬고 나서 주위를 좀 더 자세히 둘러보았다. 짐작건대 해왕성 룸은 남자가 댄스 이상의 서비스를 받는 방이라기보다 최고급 매장의 탈의실에 훨씬 더 가까워 보였다. 의자의 부드러운 가죽을 한 손으로 쓸던 나는 그제야 상자 안에서 눈가리개 밑에 깔린 두 번째 쪽지를 발견했다. 두꺼운 종이에 같은 글씨체로 적힌 내용은 이러했다.

'눈가리개를 해, 벤. 겁쟁이처럼 굴지 마.'

빌어먹을 맥스. 눈가리개를 하고 이 일이 끝날 때까지 꼼짝없이 여기에 앉아 있어야 한다고? 나는 끙 하고 신음 소리를 내며 검은색 눈가리개를 집어 들고 머리 위에서 끌어 내리다가 잠시 멈칫했

16

지만 끝내는 눈을 가렸다. 하지만 벌써부터 맥스에게 돌아갈 계획을 짜고 있었다. 가족을 제외하면 내 인생에서 맥스보다 나를 더 잘 아는 사람은 없을 것이다. 그런 만큼 맥스는 내가 정절과 통제를 얼마나 귀중하게 여기는지 잘 알고 있다. 그런데 나에게 이 방으로 와서 무슨 일이 벌어질지도 모르는 채로 눈을 가리라고 한단 말인가? 처 죽일 놈 같으니라고!

나는 갑갑하고 짜증스러운 기분으로 벽에 기대앉아 가만히 기다렸다. 보이지 않으니까 귀가 예민해져서 전에는 알아차리지 못한 소리가 들렸다. 문들이 조용히 열렸다 닫히는 소리, 묵직하게 딸각거리는 소리가 귓가로 흘러 들어왔다. 그러다가 내가 있는 룸의 문손잡이가 돌아가더니 문이 열리면서 나무가 양탄자에 부드럽게 쏠리는 소리가 났다.

내 심장이 고동치기 시작했다.

낯선 향수 냄새가 콧속으로 스며들자 마음이 불편해져 등이 딱딱하게 굳었다. 냄새를 제외하면 지금 이 방에 들어온 사람에 관해서 아는 게 하나도 없다. 무슨 일이 일어나고 있는지 볼 수 없는 현실은 딱 질색이다. 여자가 벽 쪽에서 뭔가를 했다. 바스락거리는 소리, 뭔가 딸각거리는 작은 소리가 들리더니 조용하고 리드미컬한 음악이 흘러나왔다.

따뜻하고 부드러운 두 손이 내 양 손목을 잡더니 다정하면서도 능숙하게 내 양 옆구리에 내려놓았다. 만지지 말라고? 젠장, 그런 걱정은 하지도 마시지.

미동도 없이 앉아 있는 내 몸 위로 여자가 미끄러지듯 올라왔다. 여자의 숨결에서 계피 비슷한 냄새가 흘러나왔고, 여자의 엉덩이가 내 무릎 위에서 빙빙 돌고, 두 손은 내 가슴을 눌렀다. 그래, 이렇게 돌아가는 거였군. 눈가리개를 하고 있다가 여자가 내 위에서 춤을 추고 나면 떠나도 된다? 이렇게 생각하자 마음이 급속도로 편안해졌다. 여자가 내 허벅지에 엉덩이를 비벼대면서 두 손으로 가슴을 부드럽게 어루만졌다. 보이지 않아도 여자의 몸을 충분히 느낄 수 있었기 때문에 눈가리개를 하는 게 완전히 터무니없는 짓 같지는 않았다. 하지만 이런 종류의 쾌락을 즐기는 남자라면 앞이 보이지 않는 것이 큰 장애물일 것이다.

맥스는 아마도 이렇게 해야 내가 이 일을 견딜 수 있다는 사실을 알았으리라. 그렇게 생각하자 맥스의 엉덩이를 좀 살살 걷어차야겠다 싶었다.

내 위에서 굽이치듯 몸을 흔드는 댄서의 엉덩이가 음악에 맞추어 작은 원을 그리며 유혹적으로 움직였다. 내 어깨를 움켜쥐고 활처럼 상체를 뒤로 젖히자 여자의 엉덩이가 허벅지를 강하게 압박했다. 그 바람에 여자의 음부가 아랫도리에 닿을 듯 가까워져서 나는 가능한 한 조심스럽게 몸을 뒤로 빼서 의자 깊숙이 파묻

었다. 그때 여자가 다시 상체를 곧추세워 내 가슴에 문질러대는
바람에 여자의 가슴 윤곽을 느낄 수 있었다. 따뜻하고 부드러운
숨결이 목에 와 닿았다. 숨결 자체는 불쾌하지 않았지만 금세 거
북하게 느껴졌다. 여자와 시선을 맞추거나 여자에게 미소 지어야
한다는 두려움은 자연적으로 사라진 듯한데 그 대신 이 춤이 우
리 둘에게 이롭지 않다는 생각이 들었다. 여자가 이 일로 얻는 것
은 분명 돈일 테고, 나는 눈가리개를 했기 때문에 이 일을 즐기는
척할 필요조차 없었다. 어느새 나는 노래가 언제쯤 끝날지 어림짐
작해보려고 애썼다. 내가 아는 노래는 아니었지만 형식이 빨라서
노래가 종결부를 향해 치닫기 시작했을 때 나는 남아 있던 긴장을
모두 풀어냈다. 내 위에 올라탄 가련한 여인의 몸짓이 느려지는
것 같더니 여인의 두 손이 내 어깨에 내려앉았다.

　노래가 끝나자 댄서의 가쁜 숨소리만 방 안에 울려 퍼졌다.

　이제 여자가 떠나려는 걸까? 내가 무슨 말이라도 해야 하나?

　두려움에 배가 묵직해졌을 때 진짜 쇼는 이제 시작된다는 사실
을 알았다. 등골이 오싹하게 댄서가 상체를 앞으로 숙여 이로 내
턱을 살짝 물었다.

　그 순간… 나는 그대로 얼어붙었다. 흐릿한 깨달음이 조바심을
압도하기 시작했다.

　"안녕, 라이언 씨."

여자의 뜨거운 숨결이 귀에 닿았고, 그 목소리에 깜짝 놀라 온몸이 뻣뻣하게 굳어버렸다. 젠장, 대체 이게 무슨 일이지? 나는 양옆구리에 놓인 두 손에 힘을 줘 주먹을 꽉 쥐었다.

"화난 당신의 섹시한 입술에 얼마나 키스하고 싶었는지 몰라요."

말을 하려고 입을 열었지만 아무 말도 새어 나오지 않았다.

빌어먹을 클로에 밀스.

"내가 엉덩이를 열심히 흔들며 춤을 췄는데 조금도 흥분하지 않았네요?"

클로에가 엉덩이를 낮춰 내 물건 바로 위에서 흔들면서 상체를 숙여 내 목을 핥았다.

"이제 시작할게요…."

클로에가 내 목에 얼굴을 파묻은 채 깔깔거리며 웃었다.

"이제야 단단해졌네요."

안도와 분노, 충격, 당혹감이 동시에 치솟아 마음이 폭발해버렸다. 여기, 라스베이거스에 클로에가 있었다. 빌어먹을 캣스킬에서 스키를 타고 있는 게 아니었다. 방금 자신이 한 대로 내 허벅지위에서 춤을 추고 내 물건에 엉덩이를 비벼댈 댄서를 기다리며 눈을 가리고 있는 내 앞에 나타났다. 하지만 이번만은 업무를 처리할 때처럼 클로에를 대할 수 있었다. 그녀에게는 바로 반응하지 않는 게 상책이다. 내가 상황을 제어할 수 있을 때까지 행동을 뒤로 미루어야 한다.

나는 열부터 일까지 거꾸로 헤아리고 나서 물었다.

"이게 일종의 시험이었나?"

클로에가 가까이 다가와 귓불에 키스했다.

"아뇨."

왜 내가 이 방에 있는지를 클로에에게 설명할 생각은 없었다. 아무것도 잘못한 게 없으니까. 그럼에도 내 안에서는 기이한 전투가 벌어진 것 같았다. 클로에가 내게 이런 짓을 했다고 생각하니 흥분이 치솟았고, 그와 동시에 나를 속였다는 사실에 화가 치밀었다.

"벌 받을 짓을 했군, 클로에."

클로에가 손끝으로 내 입술을 누른 채 짧게 키스했다.

"내 생각대로 돼서 기쁠 뿐이에요. 맥스가 졌으니 50달러 내놔야겠네요. 맥스한테 당신은 낯선 여자한테서 랩 댄스 서비스를 받기 싫어한다고 말했거든요. 당신은 부정을 용납하지 않잖아요."

나는 고개를 끄덕이면서 침을 꿀꺽 삼켰다.

"내가 안간힘을 다해 몸을 흔들어댔지만 당신은 꿈쩍도 하지 않았죠. 저 아래 물건은 한 번도 꿈틀하지 않았어요. 춤추는 여자가 나라는 걸 당신이 정말 몰랐다면 좋겠어요. 나인지 알고도 그랬다면 솔직히 좀 기분이 나쁘거든요."

나는 고개를 가로저으며 웅얼거렸다.

"전혀 몰랐어. 향수가… 달랐거든. 당신은 계피 껌을 싫어하잖아. 그리고 난 당신을 볼 수도 만질 수도 없었어."

"지금은 할 수 있어요."

클로에가 내 두 손을 자신의 맨다리에 올려놓으며 말했다. 나는 두 손을 쫙 펴서 그녀의 엉덩이까지 쓸어 올렸다. 클로에의 속옷에 달린 날카롭고 작은 구슬들이 느껴졌다. 대체 뭘 입고 있는 거지? 나는 눈가리개를 벗어던지고 싶어 안달이 났지만 클로에가 아직 이 일을 끝내지 않았기 때문에 다른 뭔가가 남았다고 생각했다.

나는 두 손으로 클로에의 허벅지에서 종아리까지 쓸어내리다가 갑자기 의심쩍기는 하지만 합법적인 라스베이거스의 클럽 중앙에 있는 이 방에서 당장 사랑을 나누고 싶었다. 지금 내 무릎에 앉아 있는 사람이 낯선 살냄새를 풍기는 여자가 아니라 클로에라는 사실에 안도감이 온몸을 휘감았고, 아드레날린이 치솟아 피가 뜨겁게 달아올랐다.

"이 방에서 마음껏 날 가져도 좋아, 클로에 밀스 양."

클로에가 상체를 앞으로 숙여 내 턱을 쪽쪽 빨아들였다.

"음… 뭐, 그럴 수도 있지만 먼저 다시 한 번 춤을 즐겨볼래요?"

나는 고개를 끄덕이고 숨을 들이쉬었다. 그러자 클로에가 눈가리개를 벗겨 냈다. 내 눈 앞에 그녀의… 댄서복이 드러났다. 클로에는 어깨에 얇은 새틴 끈이 달리고, 있으나마나 한 실크 조각들로 묶어놓은 보석으로 만든 것 같은 작은 브래지어를 걸쳤다. 팬티도 속이 다 비칠 정도로 얇아서 훨씬 더 매혹적이었다. 팬티 양옆에는 얇은 새틴 매듭이 있는데 그건 아마도 팬티를 찢어서는 안된다는 뜻 같았다.

클로에가 손끝으로 자신의 상체를 쓰다듬으며 속삭였다.

"새로 장만한 내 속옷이 마음에 들어요?"

나는 다이아몬드처럼 맑고 찬란한 초록빛으로 반짝이며 클로에의 살갗을 장식한 보석들을 쳐다보았다. 클로에는 끝내주게 멋진 예술 작품처럼 보였다.

"그래, 아주 마음에 들어."

클로에의 가슴골에 키스하려고 상체를 앞으로 숙이며 중얼거렸다.

"이런 옷을 입고 다니면 위험하겠는데."

"날 만지고 싶어요?"

나는 클로에를 올려다보며 고개를 끄덕였다. 나와 똑같이 불안과 굶주림에 물든 클로에의 눈빛을 보자 내 눈빛이 어두워졌다.

클로에가 미소 지으며 자기 입술을 핥았다.

"당신을 여기로 부른 건 시험이 아니었어요. 하지만 말이죠."

클로에가 내 입술로 시선을 떨어뜨렸다.

"당신은 낯선 여자의 춤을 기대하고 이 방에 들어와 눈가리개를 했어요. 그런 상황에서는 어떤 여자라도 이 방에 들어와 내 것인 당신을 만질 수 있죠."

클로에가 머리를 치켜들고 나를 유심히 살펴보았다.

"이제는 내가 좀 즐겨도 될 것 같은데요."

젠장, 그랬다.

"뭐라고 반박할 여지가 없군."

"좋아요, 그럼 여기 규칙대로 하죠."

클로에가 벽에 달린 작은 간판을 고갯짓으로 가리켰다. 그 간판에는 댄서를 범한 남자는 가차 없이 끌고 나가 후버 댐에 던져버리겠다는 뜻이 넌지시 담겨 있었다.

"당신은 여전히 날 자유롭게 만지지 못해요."

클로에가 무슨 뜻으로 '자유롭게'라는 말을 하는지 알 수 없었다. 나는 여전히 그녀 아래에 갇히다시피 한 상태였기 때문에 두 손을 클로에의 허벅지 양옆으로 떨어뜨린 채 그녀의 지시를 기다렸다. 뭔지는 몰라도 클로에가 하고 싶어 하는 일을 기다리고 있자니 전신이 긴장으로 단단하게 뭉쳤다.

클로에는 일어서서 벽으로 걸어가 음악을 다시 틀었다.

나는 진짜 빌어먹게 운 좋은 개자식이다. 이 세상에서 가장 섹시한 여자 친구를 뒀으니까. 나는 입술을 핥으면서 자신만만하게 엉덩이를 흔들며 벽으로 걸어갔다가 내게 돌아오는 클로에의 탱탱하고 완벽한 엉덩이를 뚫어지게 응시했다.

클로에가 내 허벅지에 걸터앉았다.

"내 팬티를 벗겨요."

나는 팬티 양쪽의 섬세한 매듭을 잡아당겨 풀고 팬티를 천천히 끌어 내려서 옆으로 던져버렸다.

"이제 당신 손을 허벅지에 올려놓고 내 안 깊숙이 찔러 넣고 싶은 손가락들을 세워봐요."

클로에가 속삭였다.

나는 눈을 껌벅거렸다.

"뭐라고?"

클로에가 입술을 핥으면서 웃더니 아주 천천히 또박또박하게 다시 말했다.

"당신 손을 허벅지에 올려놓고 내 안 깊숙이 찔러 넣고 싶은 손가락들을 세워보라고요."

진심으로 하는 소리일까? 나는 클로에에게서 눈을 떼지 않은 채 그녀의 한 손을 내 다리에 올려놓고 가운뎃손가락을 들어 보였다.

"이거야."

클로에가 내려다보고 낄낄거렸다.

"좋은 선택이네요. 하지만 적어도 하나는 더 있어야겠는데요. 당신 물건과 크기가 비슷한 게 필요하거든요."

"진짜로 내 손가락만 필요하다는 거야? 내 물건이 준비가 완전히 끝난 상태로 대기 중인데. 손가락보다는 완전히 흥분한 단단한 이 녀석을 써먹는 게 우리 모두에게 더 좋을 거야."

"당신은 라스베이거스 쇼걸의 랩 댄스를 즐기려는 거잖아요."

클로에가 눈썹을 치켜세우며 반박했다.

"오 분 전까지만 해도 당신 물건은 이 일에 끼어들 생각이 없었고요."

나는 한숨을 쉬면서 눈을 감고 손가락 세 개를 뻗어 올렸다.

"아주 후하시네요."

클로에가 속삭이며 엉덩이를 들어 올리더니 음부를 내 딱딱한 손가락 끝으로 미끄러뜨렸다.

"당신이 이런 일을 계속하면 아주 멋진 남편이 되겠어요."

"클로에…."

나는 클로에가 천천히 내 손가락 위로 몸을 낮추는 모습을 지켜보려고 눈을 뜬 상태에서 신음 소리를 내뱉었다. 클로에는 이미 촉촉하게 젖어 있었다. 딱 달라붙는 브래지어만 걸친 채 부드러운 허벅다리를 내 바지 위로 쫙 벌린 클로에를 내려다보았다.

클로에가 두 손으로 내 목을 감싸고 본격적으로 움직이기 시작했다. 몸을 들어 올렸다가 내리면서 엉덩이를 빙 돌리고 클리토리스를 내 손날에 대고 문질렀다. 한 번, 두 번, 세 번. 나는 손을 위로 밀어 올려 클로에의 음부에 더 가까이 밀착시켰다. 그녀의 음부에서 흘러나오는 냄새가 방 안에 진동해 콧속으로 흘러들었고, 작게 신음하는 클로에의 억눌린 소리가 하나도 빠짐없이 귓가에 닿았다. 클로에의 가슴골에서 땀이 솟아나 피부가 반짝거렸다. 내 몸을 이용해 쾌락을 채우는 클로에의 모습을 지켜보는 즐거움을 이 세상 무엇과도 바꿀 생각이 없다.

"아주 날 갖고 노는군, 클로에."

나는 클로에의 두 팔이 내 어깨를 압박하며 내리누르다가 가볍게 떨어져 나가는 느낌을 즐기면서 으르렁거렸다. 클로에를 지켜보기만 하는 것은 내 몸을 고문하는 것과도 같았다. 클로에가 한 번만 더 몸을 낮추어 내 바지 속 물건에 허벅지를 문질러대면 더 이상 버틸 자신이 없었다.

"자꾸 이러면 겁쟁이처럼 단단하게 발기된 채 냄새를 풍기며 이 방에서 나가버릴 거야."

클로에는 여전히 엉덩이를 빙빙 돌리며 속삭였다.

"뭐, 그러시든지요."

하지만 내 목소리에 작은 브래지어 속에 숨은 그녀의 젖꼭지가 단단해지는 모습이 보였다. 클로에도 내가 얼마나 단단해졌는지 알고 있었고, 말과는 달리 내 물건에 상당히 신경을 쓰고 있었다.

내가 그녀 안에 깊숙이 박힌 손가락들을 구부리고, 다른 한 손으로 그녀의 엉덩이를 받쳐 이끌자 클로에의 신음 소리가 들렸다. 나는 엄지손가락으로 그녀의 클리토리스를 꽉 눌렀다. 이렇게 클로에를 지켜보는 것만으로도 나는 무너져 내리는 것 같았다. 내 손가락들을 꽉 죄고 있는 그녀의 몸이 기대감으로 긴장되면서 물결치듯 움직였다. 주변에서 무슨 일이 벌어지는지 알 수 없는 낯선 방 안에서도 나는 순식간에 클로에에게 오르가슴을 안겨줄 수 있었다. 클로에는 발칙한 모순 덩어리다. 너그럽게 굴다가도 짓궂게 나를 놀려댔고, 어떤 때는 열정적으로 행동하다가 또 어떤 때는 더없이 수줍은 태도를 보였다.

"날 잡아 죽이려는 거야, 클로에?"

"내가 곧 느낄 것 같다는 거 알아요?"

우리의 시선은 한 번도 떨어진 적이 없었다. 나는 클로에의 옆구리로 손을 쓸어 올려 손끝으로 그녀의 갈비뼈를 더듬었다.

"그래, 알아."

내가 속삭였다.

"그래서 흥분되나요? 당신이 얼마나 빨리 날 절정에 이르게 할 수 있는지 알고 있어서?"

나는 고개를 끄덕이면서 그녀의 어깨로, 목으로 더듬어 올라갔다.

클로에가 절정에 달했을 때 맥박이 얼마나 빨리 뛰는지 느끼고 싶어서 손가락을 펴서 그녀 목의 혈관을 부드럽게 감쌌다.

"어느 누구도 당신을 이렇게 촉촉하게 만들지 못한다는 걸 알기 때문에 미치도록 좋아."

클로에의 갈색 눈이 욕정으로 물들어 어두워졌다.

"당신이 날 일분일초마다 갖고 싶어 했으면 좋겠어요."

클로에가 속삭였다.

"날 이렇게 가질 수 있는 사람은 당신뿐이에요."

'가지다'는 그 말이 내 가슴속의 불꽃, 더 이상 억누를 수 없는 야성을 건드렸다. 내 입술에 너무나 가까이 다가온 그녀의 입술, 그녀의 숨결에서 흘러나오는 계피 냄새, 이국적인 향수 냄새… 도를 넘어서 나를 갖고 노는 그녀의 행동이 그 불꽃에 기름을 부었다. 나는 거칠게 그녀에게 달려들었다. 벌을 주듯 날카롭게 키스하며 그녀의 감촉과 냄새를 허겁지겁 빨아들였다.

클로에는 숨을 쉴 수 있을 정도만 살짝 몸을 뒤로 뺐다.

"내가 느끼는 소리를 듣고 싶어요?"

"이 클럽 전체에 들리도록 당신이 소리 지르게 만들고 싶어."

클로에의 두 손이 내 목덜미의 솜털을 파고들었고, 내 손바닥 위에서 거칠게 흔들리던 엉덩이가 멈칫하면서 내 손가락들을 꽉 죄었다.

"오, 이런…."

클로에가 아랫입술을 꽉 깨물면서 등을 활처럼 뒤로 젖혔고, 나
는 그녀의 몸에 얼굴을 파묻고 핥고 깨물며 빠르게 뛰는 그녀의
심장박동을 집어삼켰다. 내 입술에 닿은 그녀의 맥박이 팔딱거렸
고, 마침내 절정에 다다라 온몸이 긴장된 클로에가 내 위에서 헐
떡거릴 때 뱉어 내는 숨결이 느껴졌다. 클로에는 거친 외마디를
토해 내며 내 이름을 불렀다. 그 소리가 진동하며 흘러나오다 내
혀에 막혀 다시 그녀의 목구멍으로 들어갔다.

클로에가 만족감에 축 늘어진 몸을 내게 기댄 채 가만히 있다
가 두 손을 내 목에 갖다 댔다. 엄지손가락이 내 목의 정맥을 부드
럽게 눌렀다. 클로에는 상체를 앞으로 기울여 내 아랫입술을 물어
빨더니 빠르고 거칠게 자근자근 깨물었다. 나는 깜짝 놀라서 그르
렁대는 신음을 내뱉었다. 잠깐이었지만 날 깨무는 그녀의 행동에
오르가슴을 느끼고 바지에 쌀 것 같다는 생각이 들었다. 이런 생
각을 하다니 대체 내가 어떻게 된 것인지 알 수 없었다.

"이건… 정말 상상할 수 없을 정도로 근사했어요."

클로에가 몸을 뒤로 젖히며 숨을 돌렸다.

클로에는 내 팔에서 조심스럽게 몸을 빼내 후들거리는 다리로
일어섰다. 나는 몸을 앞으로 숙여 촉촉하게 젖은 그녀의 가슴골에
키스하고, 바지 위로 그녀의 손을 끌어다 불룩 솟아오른 단단한

성기에 올려놓았다.

"절정을 느끼는 자기 모습은 미치도록 아름다워, 클로에. 내가 얼마나 단단해졌는지 느껴봐."

클로에가 천천히 내 물건을 쓰다듬다가 꼭 움켜쥐었다.

내 눈동자가 또르르 굴러갔다. 나는 더 이상 참을 수 없어 눈을 질끈 감고 애걸했다.

"지금 내 앞에 무릎 꿇고 앉아 당신 입술로 날 받아줘."

그런데 생각하기도 끔찍하게 클로에는 손을 떼더니 구석에 떨어진 자기 팬티를 주우러 걸어갔다.

"지금 뭐 하는 거야?"

내가 거칠게 외쳤다.

클로에는 팬티를 엉덩이로 끌어 올려 양쪽의 새틴 끈을 묶고, 벽에 달린 고리에서 로브를 집어 어깨에 두르더니 날 보며 살짝 미소 지었다.

"좋죠?"

나는 클로에의 차분한 눈빛을 받아쳤다.

"진심이야?"

클로에가 돌아와 내 왼손을 자기 입에 대고는 넷째 손가락을 자기 입안 깊숙이 밀어 넣더니 섬세하고도 부드러운 혀로 감쌌다. 그녀는 윙크한 뒤 내 손가락을 놓아주고 속삭였다.

"진심이에요."

너무도 짧게 나를 빨아들인 그 부드러운 입속 여운이 쉬이 사라지지 않아 내 두 팔이 긴장으로 부들거렸고 성기가 일어서 펄떡거렸다.

"클로에, 난 전혀 좋지 않아. 조금도."

"난 좋은걸요."

클로에가 달콤하게 미소 지으며 말했다.

"기분이 환상적으로 좋아요. 남은 총각파티도 즐겁게 보내요."

나는 벽에 등을 기대고 클로에가 로브를 허리에 감아 꽉 죄는 모습을 지켜보았다. 살갗이 화끈거리고 근질거렸다. 클로에는 옷을 입는 내내 나를 지켜보며 자기를 갖지 못해 좌절감에 부들거리는 내 모습을 즐겼다.

나는 괜찮은 척하기로 마음먹고 그런 내 모습을 숨기려고 애썼다. 소리를 질러봤자 클로에의 기분만 더 좋아질 테니까. 클로에가 마녀처럼 날 놀려댈 때는 냉정하고 초연한 태도를 취하는 게 가장 좋다. 하지만 찌푸린 내 눈썹이 펴졌을 때 클로에는 조금도 놀라지 않고 가볍게 웃었다.

"여기서 나가면 뭐 할 거지?"

내가 물었다. 무슨 이유에서인지 클로에가 여기서 나간 후에 뭘 할지가 전혀 생각나지 않았다. 곧장 집으로 날아갈까?

클로에가 어깨를 한 번 으쓱거리고는 중얼거렸다.

"몰라요. 저녁을 먹거나 아니면 쇼를 구경할지도 모르죠."

"잠깐, 누구와 같이 왔어?"

클로에가 입술을 오므리고 어깨를 으쓱거리며 나를 쳐다보았다.

"젠장, 클로에? 적어도 어디에 묵는지는 말해줄 거지?"

클로에가 내 몸 어느 곳보다 바지 앞섶에 더 오랫동안 눈길을 주면서 위아래로 나를 훑어보다가 미소 지었다.

"호텔에 있어요."

클로에는 눈썹을 아치형으로 올리며 몸을 똑바로 세우고는 고양이처럼 가르랑대는 목소리로 말했다.

"아참, 밸런타인데이 즐겁게 보내요, 라이언 씨."

그 말을 끝으로 클로에는 방을 빠져나가 복도로 사라졌다.

맥스 스텔라

·

2

베넷 라이언은 금방이라도 먹은 것을 다 게워 내고 조소를 날릴 듯한 표정을 짓고 있었다.

"난 빼줘. 랩 댄스는 진짜 내 취향이 아니거든."

베넷의 형 헨리가 경악하면서 몸을 앞으로 숙였다.

"끝내주게 섹시한 낯선 여자가 네 무릎 위에서 춤을 춘다는데 어떻게 그게 취향이 아니라고 말할 수 있지? 너 따뜻한 피가 흐르는 남자 맞아?"

베넷이 뭐라고 변명했지만 나는 그를 비난할 수가 없었다. 젠장, 나도 낯선 여자가 내 성기에 올라타게 내버려둘 생각이 없으니까. 하지만 베넷은 저 뒤쪽에서 무슨 일이 일어날지 전혀 모르고 있었다. 나는

베넷을 저 지긋지긋한 의자에서 끌어내 룸으로 밀어 넣어야 했다. 그
래야 이 밤이 순조롭게 흘러갈 테니.

"헛소리하지 마."

나는 룸으로 이어지는 통로에서 기다리는 조니에게 손짓하면서 베
넷에게 말했다.

"오늘은 네 총각파티 첫날 밤이라고. 랩 댄스는 필수야."

조니가 알았다고 턱을 추켜올리더니 경비원과의 대화를 끝내고는
홀을 가로질러 걸어왔다. 여유작작하게 느릿느릿 걸어 시간을 질질
끌면서 말이다. 일분일초가 흘러갈 때마다 조바심이 점점 솟구쳤다.
조니가 여기에 도착하는 시간이 길면 길수록 베넷을 일으켜 세워 저
뒤쪽 개인실로 밀어 넣는 시간이 길어지고, 내 여자가 날 기다리는 시
간이 길어진다.

마침내 조니가 내 앞에 도착해 다 안다는 듯한 미소를 지었다.

"이봐, 맥스. 뭘 도와줄까?"

"우리가 이 파티를 즐길 준비가 된 것 같군요."

조니가 한 손을 주머니에 찔러 넣으며 고개를 끄덕였다.

"클로에는 해왕성 룸에 있어. 무대 왼쪽 파란색 통로를 따라 내려가
면 돼."

나는 고개를 끄덕이고는 좀 더 기다렸다. 하지만 조니가 더 이상 정
보를 털어놓지 않아 결국에는 내가 다시 재촉했다.

"세라는 어디 있습니까?"

"세라는 그린 룸에 있어. 검은색 통로를 따라 내려가면 무대 오른쪽에 있는 방이야."

조니가 살짝 허리를 숙여 한마디 덧붙였다.

"세라가 원하는 대로 자세를 잡게 도와줬지."

나는 그 말에 멈칫해 본능적으로 꽉 움켜쥔 주먹을 숨기려고 슬며시 주머니에 넣었다.

"세라가 자세를 잡게 도와달라고 했단 말이에요?"

무슨 생각으로 그런 짓을 한 거지?

"리본을 여기저기 살짝 만져줬을 뿐이야."

내 반응에 조니는 즐겁기 짝이 없다는 듯 살짝 이를 드러내고 웃으며 나를 지켜보았다.

나는 손님들이 여기저기 흩어져서 검은색 가죽 소파나 목탄색을 띤 매끄러운 화강암으로 만든 바에 기대앉아 있는 어두운 공간을 둘러보았다. 나답지 않게 얼굴이 일그러지도록 이를 앙다물어 턱에서 팔딱거리는 맥이 느껴졌다. 마음이 혼란스러웠다. 세라와 조니, 두 사람이 언제 그 정도로 서로를 신뢰하게 됐는지 신기했지만 아무튼 조니가 무엇을 봤는지, 세라의 어디를 만졌는지 알아내야만 했다. 레드문에서는 세라가 결박된 자세를 취하는 일은 흔치 않았고, 그런 일이 있을 때면 언제나 내가 도와주었다.

단단한 남자

"조니, 당신이 만져도 세라가 가만히 있었단 말이죠?"

조니는 발뒤꿈치로 중심을 잡고 몸을 흔들거리며 나를 쳐다보면서 아까보다 더 활짝 웃었다.

"그렇다니까."

내가 뚫어지게 쳐다보았지만 조니는 전혀 움찔하지 않았다. 그는 무엇보다도 내가 고맙게 생각하리라는 사실을 잘 알기 때문에 뜨겁게 이글거리는 질투심에 사로잡히도록 내버려두었다. 아홉 달쯤 되는 지난 시간 동안 조니는 나를 위해 많은 일을 했다. 지금 이 순간, 분노로 정신이 혼미할 정도이지만 그럼에도 오늘 조니가 내게 베푼 호의는 작지 않다는 사실을 잘 알고 있었다. 이 혼잡한 클럽에서 클로에와 세라를 매우 값비싼 룸에 넣어줬으니 말이다.

나는 미소 지으며 조니를 바라보았다.

"그럼 됐지 뭐. 고마워요, 친구."

조니가 내 어깨를 툭툭 두드리고는 내 뒤쪽의 누군가에게 고개를 까닥거린 뒤 말했다.

"즐거운 저녁 보내게, 맥스. 그린 룸에서 다음 쇼가 시작될 때까지 한 시간이 남았어."

조니는 돌아서서 어두운 복도로 돌아갔다. 내가 리본으로 묶인 세라를 만날 수 있는 곳으로.

가슴속에서 미칠 것 같은 갈망이 끓어오르는 게 느껴졌다. 럭비 경기를 시작할 때처럼 꽉 죄어드는 느낌이…. 하지만 더 깊숙한 내 안에서 뭔가가 우후죽순으로 치솟아 올랐다. 그 느낌이 가슴에서 사지로 뻗어나가 손끝 하나하나가 뜨겁게 떨렸다. 나는 곧장 세라에게 가서 그녀가 라스베이거스에서 해달라고 애원했던 일을 해줘야 한다.

베넷의 총각파티를 할 수 있는 주말이 밸런타인데이뿐이라고 세라에게 말했을 때 세라의 첫 반응은 깔깔 웃어젖히면서 자기는 밸런타인데이를 싫어한다고 말했다. 그 이유는 옛 남자 친구가 항상 밸런타인데이를 망쳤기 때문이라고 했다. 어쨌든 나는 속으로 세라가 총각파티 일을 문제 삼지 않아서 기뻤다. 우리는 거의 매일 밤 내 침대에서 우리 관계를 축하했고, 거의 수요일마다 레드문의 우리 룸에서 밤을 보냈다. 그 모든 일에 비하면 밸런타인데이는 하찮기 짝이 없었다.

하지만 잠시 후 세라는 내게 좀 더 가까이 다가와 머뭇거리며 두 손을 내 가슴에 올리더니 자기도 갈 수 있는지 물었다.

"당신 파티를 망치지 않겠다고 약속할게요."

세라가 눈을 크게 뜨고 불안과 욕망이 뒤섞인 신비스런 눈빛으로 속삭였다.

"총각파티는 당신 계획대로 진행할 수 있어요. 난 그냥 블랙하트에서 한 번만 놀고 싶어요."

나는 대답 한마디를 생각해내기도 전에 허리를 숙여 세라에게 키스했다. 그 즉시 세라의 두 손이 내 머리털을 헤집었고, 내 입술이 그녀의 유두를 머금었다. 그렇게 우리는 내 집 부엌 조리대 위에서 빠르고 열정적인 사랑을 나누었다. 절정의 순간이 지나간 후에, 나는 세라의 몸 위로 무너져 내리며 그녀의 촉촉하게 젖은 목덜미에 얼굴을 파묻고 헐떡거렸다.

"젠장, 좋아. 라스베이거스로 와."

나는 표정을 좀 더 차분하게 가라앉히고 자리에 앉아 술잔을 들어 올렸다. 내 얼굴에 닿는 베넷의 시선이 따갑게 느껴졌다.

"대체 무슨 이야기를 나눈 거야?"

"아, 그거. 널 위해 준비해놓은 룸에 관해 이야기했지."

"날 위해서?"

베넷은 벌써부터 거부의 뜻을 드러내며 한 손으로 가슴을 눌렀다.

"다시 말하는데 맥스, 난 관심 없어."

나는 회의적인 눈빛으로 베넷을 쳐다보며 그르렁거렸다.

"헛소리하지 마."

"아주 작정을 했군."

다소 오랫동안 언쟁을 벌인 끝에 베넷이 물러서려는 걸 알 수 있었다. 베넷의 얼굴에 확신이 서리기 시작했다. 그는 보드카를 물끄러미 쳐다보며 잠시 머뭇거리다가 단숨에 들이켰다.

"젠장."

베넷은 술잔을 내려놓고 의자에서 벌떡 일어나 단호한 걸음걸이로 복도를 따라 내려갔다.

지금 이 순간 내가 할 수 있는 일은 의자를 박차고 달려 나가지 않으려고 애쓰는 것뿐이었다. 세라의 이름이 내 심장박동에 맞추어 내 몸속에서 메아리쳤다. 나는 그녀를 너무나 열렬히 사랑하기 때문에 이 파티가 내 총각파티가 아닌 것이 이상하게 느껴질 정도였다. 내가 세라에게 청혼할 뻔했던 횟수는 어처구니없을 정도였다. 나는 세라가 내 얼굴을 보고 낌새를 채는 순간을 어떻게든 알아차렸다. 세라에게 함께 주말여행을 떠나자고 간청하고 나와 결혼해서 함께 살자고 말하려다가… 생각을 고쳐먹은 게 한두 번이 아니었다. 그럴 때마다 세라는 어김없이 무슨 말을 하려고 했는지 물었고, 나는 "당신과 결혼하기 전까지는 안정을 찾을 수 없어"라고 털어놓는 대신 "당신은 정말 아름다워"라고 말했다.

세라와 사귄 지 여섯 달밖에 되지 않았다는 사실을 종종 되새겨야 했다. 초창기 만남을 포함하면 거의 아홉 달에 가깝지만 말이다. 게다가 세라는 결혼에 관한 것이라면 뭐든지 경계했다. 세라는 자기 아파트가 있는데 솔직히 말해서 굳이 왜 그러는지 알 수 없다. 우리가 화해하고 나서 한두 달은 서로의 집을 왔다 갔다 하며 지냈다. 하지만 우리 집이 더 클뿐더러 가구가 훨씬 잘 갖추어져 있고, 내 침대 조명이 훨씬 나아서 내가 좋아하는 세라의 사진을 찍기가 좋았다. 얼마 안 돼 세라는 일주일 내내 매일 밤을 내 침대에서 지냈다. 세라는 영원히 내 것이다. 하지만 젠장, 나는 언제나 서두를 필요가 없다는 사실을 되새겨야 했다.

베넷이 자리를 뜬 뒤 시간이 적당히 흘렀다 싶을 때 나는 잔을 탁자에 내려놓고 윌과 헨리를 올려다보았다.

"신사 여러분, 난 이제 그만 환상적인 라스베이거스 걸의 랩 댄스를 즐기러 가봐야겠어."

내가 말을 꺼냈을 때 윌과 헨리 둘 다 무대 위의 댄서들에게서 눈을 떼지 않았다. 덕분에 나는 상당히 자신 있는 태도로 일어날 수 있었다. 두 사람은 내가 어디로 향하는지 돌아볼 생각도 안 할 테니까.

무대 왼쪽의 복도는 행성들 이름을 딴 개인실로 이어졌다. 그 방들은 주로 베넷이 지금 즐기고 있는 것과 흡사한 랩 댄스용이었다. 오늘밤 그 방들에서 일어나는 일 가운데 유일하게 흥미로운 일은 베넷이 클로에의 랩 댄스 서비스를 받는 것이리라.

하지만 무대 오른쪽의 방들은 간단하게 색깔 이름을 붙여놓았는데 각각 다른 목적으로 이용되고 있었다. 클럽 직원들과 특별히 선별된 고객들을 제외하면 아무도 그곳 방에 들어갈 수 없었다. 그와 같은 출입금지 구역은 성행위를 지켜보는 특권을 누리기 위해 값을 지불한 고객들에게 개방된 곳이었다. 라스베이거스의 블랙하트는 뉴욕의 레드문과 흡사하게 몇몇 부자들과 엿보기를 즐기는 사람들에게도 열려 있었다.

예상대로 내가 자리에서 일어섰는데도 윌과 헨리는 고개를 돌리지 않았다. 나는 호화로운 가죽 의자들 뒤로 돌아 일단 바 뒤쪽으로 미끄러지듯 걸어가서는 저 멀리 떨어진 측면 벽 쪽으로 향했다. 윌과 헨리가 나를 쳐다보지는 않았지만 룸으로 이어진 복도로 곧장 걸어가서 그들의 주의를 끌 필요는 없었다.

나는 벽을 따라 걷다가 내 키 정도에 검정 양복을 걸치고 이어폰을 낀 남자가 서 있는 곳으로 향했다. 남자가 고개를 끄덕이더니 묵직한 실크 밧줄을 풀었고, 나는 두툼한 벨벳 커튼을 젖히고 안으로 들어갔다.

나는 무조건 출입할 수 있는 권한을 갖고 있다. 하지만 내 동행들은 이 뒤쪽으로 들어올 수 없다. 제아무리 영향력이 크고 말 잘하는 라이언 형제들이라 해도 말이다. 나는 조니에게 라이언 형제들이 우연이라도 세라와 마주치는 일이 없도록 해달라고 신신당부했다.

세라와 함께 레드문에 매우 자주 드나들어서 다른 방들을 들여다보지 않아도 그 안에서 어떤 일이 벌어지는지 잘 알고 있었다.

레드 룸에서는 한 남자가 벌거벗은 여자를 채찍질하고, 또 한 남자가 그 여자의 가슴에 뜨거운 촛농을 떨어뜨리고 있었다.

화이트 룸에서는 탁자에 누운 여자의 짝 벌린 다리 사이로 남자의 손이 손목까지 들어가고 있었다.

핑크 룸에서는 한 남자가 세 여자와 사랑을 나누는 모습이 힐끗 보였다.

내 발자국 소리는 두꺼운 양탄자에 묻혀 들리지 않았다. 레드문과 달리 이곳 룸들은 밖에서만 볼 수 있는 창문이 크기가 훨씬 작지만 개수는 더 많았다. 그 때문에 동일한 광경을 각각의 창문으로 들여다보면 다른 각도에서 보여 마치 다른 쇼를 감상하는 것 같은 기분이 들었다. 기본적으로 관음증 쇼였다. 하지만 페티시즘에 빠진 대담한 연기자들은 아무 감정 없이 성행위를 여실히 보여주기만 할 뿐이었다. 나는 그 사실을 지난 몇 달 동안 이곳을 드나들면서 알아냈는데 조니는 그 편이 좋다고 말했다. 대부분의 고객이 텔레비전에서 보지 못하거나 자기 침실에서 실제로는 하지 못하는 극단적인 성행위를 보고 싶어 하기 때문이다.

정체를 알 수 없는 몇몇 레드문 단골들은 수요일마다 특별히 나와 세라를 지켜보러 왔다. 세라와 나는 수요일 밤이면 일이든 친구들이든 가족이든 다 제쳐놓고 레드문으로 향했다. 레드문에 가면 우리 둘에게 필요한 뭔가를 표출할 수 있었다. 지난 몇 달 동안 세라와 나는 우리의 노출증 성향을 전적으로 인정하고 받아들였고, 그 행위를 끝내고 나면 내 침대나 세라의 침대에서 그에 관해 몇 시간 동안 이야기를 나누었다.

그린 룸이 눈앞에 가까워졌다. 우리 방을 들여다보는 사람은 아직 없었다. 그래서 나는 아무한테도 들키지 않고 방으로 들어갈 수 있었다. 내가 알고 있는 한 그린 룸의 문은 잠겨 있지 않았다. 조니의 클럽에서도 이곳에 들어오는 고객 가운데 나를 제외하면 문손잡이를 돌려서 열 수 있는 사람이 아무도 없었다.

그린 룸은 다른 룸들처럼 작았고, 수수한 금속 탁자와 의자만 덩그러니 놓여 있었다. 장식이 거의 없기 때문에 내 모든 신경이, 그리고 복도에서 우리를 지켜보는 사람의 시선이 지금 탁자 위에서 몸을 구부린 벌거벗은 여자에게 집중된다.

세라는 눈가리개를 하고 있었다. 완벽한 둔부의 곡선이 봉긋 솟아올라 있었다. 곧게 뻗은 척추는 부드럽게 풀려 있었다. 내 뒤로 문이 딸깍하고 닫히자 세라가 아랫입술을 깨물었고, 한 차례의 전율이 세라의 온몸으로 퍼져 나갔다.

"나야."

사실 그 말을 할 필요는 없었다. 세라의 태도로 보아 누가 방에 들어왔는지를 이미 알아차린 게 분명했으니까. 하지만 나는 세라를 안심시키고 싶었다. 머리를 한쪽으로 돌려 뺨을 탁자에 댄 세라는 아주 편안해 보였다. 나는 잠시 눈으로 세라의 전신을 훑었다.

세라의 양 발목은 조니가 말한 리본으로 탁자 다리에 묶여 있었고, 두 다리는 내가 원하는 만큼 깊이 그녀 안으로 들어갈 수 있도록 쫙 벌어져 있었다. 상체는 탁자 위로 숙인 채였고, 두 손은 등 뒤로 느슨하게 묶여 있었다. 세라의 피부는 흠 하나 없이 깨끗하고 부드러웠으며,

촉촉하게 젖은 입술이 살짝 벌어져 있었다. 나는 세라의 몸을 다시 훑어보았다. 세라는 내 시선이 어디에 닿는지를 감지한 듯이 엉덩이를 살짝 더 높이 들어 올렸다.

나는 다가가 그녀의 어깨뼈 사이를 손바닥으로 꾹 누르고 척추를 따라 엉덩이까지 손을 미끄러뜨렸다. 그 손길에 세라가 쾌감을 느끼며 신음하면서 몸을 살짝 떨었다.

"지독하게 아름답군."

"당신 손이 차가워요. 느낌이 아주 좋네요."

세라가 속삭였다.

세라의 피부는 뜨거웠다. 세라는 내가 언제 나타날지, 나보다 먼저 누가 자신을 지켜볼지 모른 채 나를 기다리는 동안 흥분과 기대감으로 달아오른 게 분명했다. 나는 손가락 하나를 세라의 엉덩이 아래로 깊숙이 미끄러뜨려 촉촉하게 젖은 그곳으로 밀어 넣었다. 세라는 이미 흠뻑 젖어 있었다. 세라의 모습과 내 손가락에 닿는 그녀의 감촉에 아랫도리가 딱딱해졌다. 손가락 두 개를 깊숙이 밀어 넣자 세라가 몸을 움찔했다. 나는 조니가 세라를 그다지 세게 묶어놓지 않은 걸 알아채고 안도했다.

세라는 지난 8월 내게 돌아온 직후 마침내 조니를 환한 대낮에 만났다. 물론 조니의 클럽에 처음 갔을 때 그와 짧게 인사를 나누기는 했다. 세라는 그 클럽 세계와 완전히 동떨어진 곳에서 조니를 만나고 싶어 했다. 그 모든 일을 주선하는 사람을 만난다면 좀 더 편안해질 것 같아서였다. 그래서 우리는 브루클린의 작은 커피숍에서 조니를 만났다. 세라가 상체를 기울여 조니의 뺨에 키스하며 우리를 위해 그 모든 일을 해줘서 고맙다고 말했을 때 조니는 다른 사람들처럼 세라에게 푹 빠져버렸다.

두 사람은 그 즉시 통했다. 조니는 내가 예전에 그랬듯이 세라를 처음 본 순간, 그녀가 어떤 사람인지 이해했다. 조니는 세라에게 완전히 반해버렸고, 세라를 보호해주었다. 그리고 오늘 밤부터는 나를 제외하고 세라를 만질 수 있는 유일한 사람이 되었다. 물론 이 특별한 일을 준비할 때만 그녀를 만질 수 있지만 말이다. 세라가 조니를 얼마나 신뢰하는지는 나를 얼마나 믿는지를 보여주는 척도이기도 했다.

나는 세라의 크림색 곡선, 그녀의 손목과 발목을 감싼 리본의 대조적인 붉은색, 강하고 부드럽게 뻗은 등줄기를 마음껏 음미했다. 말을 하려고 했을 때 가슴이 꽉 죄어들어서 살짝 잠긴 목소리가 흘러나왔다.

"여기 얼마나 있었어?"

세라가 어깨를 살짝 으쓱거렸다.

"십 분 전에 조니가 다녀갔어요. 당신이 곧 올 거라고 말하더군요."

나는 상체를 숙여 세라의 어깨에 키스하며 고개를 끄덕였다.

"그래, 이렇게 왔지."

"네, 드디어 왔군요."

"기다리기 힘들었어?"

세라는 대답하기 전에 자기 입술을 핥았다.

"아뇨."

"저 옆방에 몇 사람이 있었어."

나는 세라의 등을 따라 키스하며 말했다.

"그 사람들이 이 방을 지나가다가 혼자 있는 당신을 봤을 거야."

세라가 숨을 헉 내쉬며 다시 한 번 몸을 떨었다.

"당신도 분명 알았을걸. 게다가 그 순간을 미친 듯이 즐겼을 테고 말이야."

세라가 고개를 끄덕였다.

"내가 당신을 얼마나 사랑하는지 알지?"

세라가 다시 한 번 고개를 끄덕였다. 세라의 목에서 등까지 피부가 발그레하게 달아올랐다. 세라는 사랑을 나누는 우리를 누군가 지켜보기를 그 무엇보다 바랐다. 세라가 나를 위해서 이렇게 결박된 자세를 취하는 일은 흔치 않았다. 때로는 그녀가 주도권을 쥐고 나를 올라탔다가 미끄러져 내려오거나 입으로 나를 받아들였다. 그럴 때마다 세라는 내 얼굴을 보고 싶어 했다. 자신의 애정 어린 몸짓에 빠져 정신을 못 차리는 내 모습을 보고도 여전히 믿을 수 없다는 듯이 그 두 눈으로 내 넋 나간 반응을 하나도 빠짐없이 집어삼켰다.

하지만 조니의 클럽에서 밤을 보내는 날 중에 드물게는 자신을 보고 느끼고 소유하는 내 모습을 세라는 눈가리개를 하고 상상에 맡겼다.

손을 뻗어 세라의 손목에 묶인 리본을 풀었다. 마치 선물 포장을 푸는 느낌이 들었다. 세라가 두 손을 꼼지락거리고는 두 팔을 머리 위로 쭉 뻗어 넓게 벌리고 양손으로 탁자 가장자리를 움켜잡았다.

"내가 이렇게 해달라고 할 줄 알았어?"

세라는 여전히 눈을 가린 채 어깨 너머로 내가 있음직한 쪽을 바라보며 미소 지었다.

"어렴풋이 알아차렸죠."

그때 우리는 뭔가 바닥에 부딪히는 소리를 동시에 들었다. 음료 쟁반을 통째로 떨어뜨리는 소리였다. 전에는 우리를 지켜보는 사람이 있는지 없는지 확신할 수 없었다. 레드문에서는 모든 방에 방음장치가 되어 있었지만 이곳 룸의 벽은 두껍기는 해도 방음은 되지 않았다.

내 앞에서 세라가 등을 구부린 채 몸을 떨었다.

"술까지 마실 정도로 이곳에 오래 머물 계획인 것 같은데."

나는 정장 재킷을 벗어 의자 등에 걸쳐놓고는 허리를 숙여 세라의 몸 아래로 두 손을 넣어서 그녀의 가슴을 감싸 쥐었다.

"아름다워."

나는 세라의 목과 어깨, 등줄기를 따라 키스하면서 두 손으로 그녀의 몸을 쓸어내렸다. 그녀의 살갗을 아무리 핥고 깨물어도 충분하지 않았다.

"너무나 눈부셔."

나는 속삭이면서 금속 의자를 가까이 끌어다 놓고 앉아 세라의 엉덩이를 가볍게 깨물었다.

"살짝 맛볼 시간밖에 없다고 생각해봐."

나는 세라의 양쪽 허벅다리 안쪽을 잡아 넓게 벌려서 몸을 숙여 클리토리스에 키스하며 촉촉하고 달콤한 그곳을 맛보았다.

"맥스."

세라가 긴장된 목소리로 이 한마디를 간신히 내뱉었다.

"음?"

나는 두 눈을 감은 채 다시 그녀를 맛보았다.

"당신 여기는 아주 완벽해."

나는 세라가 나를 받아들일 그곳에 키스했다.

"젠장, 바로 여기가 말이야."

"제발, 당장 들어와요."

내 두 손에 잡힌 세라의 허벅지가 떨렸다.

"내 입으로 절정을 느끼고 싶지 않아?"

나는 일어서서 혁대를 풀면서 물었다.

"시간이 많이 없다는 거 알아요. 당신이 떠나기 전에 내 안에서 당신을 느끼고 싶어요."

나는 팬티를 허벅지 아래로 끌어 내리고 내 물건을 그녀의 클리토리스에 대고 문지르며 그녀 안으로 들어갈 듯 말 듯 애를 태웠다.

"그 전에 물어볼 게 있어."

세라가 내 쪽으로 엉덩이를 들이밀며 신음했다.

"당신 물건을 어디에 넣을지 물어보려고요?"

나는 웃으면서 허리를 숙여 그녀의 등에 키스했다.

"아냐, 이 못 말리는 여자야. 그럼 너무 빨리 끝날 거야."

세라가 초초하게 입술을 핥으면서 기다렸다.

나는 그녀 안으로 곧 들어갈 듯 자세를 잡고서 물었다.

"콘돔 없이 이대로 들어가도 돼? 주머니에 콘돔이 들어 있기는 하지만 말이야."

세라가 숨을 헉 들이마셨다.

"그냥 들어와요."

내 가슴이 꽉 죄어들었다. 지금 이 순간을 좀 더 오랫동안 음미하고 싶어서 세라를 내려다보았다. 벌거벗은 세라가 날 받아들일 준비를 끝낸 채 탁자에 묶여 있다. 허리를 숙이자 세라의 척추를 따라 미끄러지는 실크 넥타이의 암청색이 연분홍빛으로 달아오른 세라의 피부와 완벽하게 대조를 이루었다. 빌어먹을, 세라는 뜨겁게 달아올라 있었다. 집에서는 콘돔을 사용한 적이 없지만 이 클럽 안에서 일을 치르려면 필요한 물건이다.

나는 천천히 그녀 안으로 들어가면서 그녀의 몸이 내게 맞추어 조금씩 열리는 느낌을 만끽했다. 세라가 엉덩이를 위로 들어 올려 나를 더 깊이 받아들이며 신음을 내뱉었다. 나는 자세를 더 낮추고 그녀의 척추를 따라 내 상체를 쭉 뻗어 그녀의 귓가에 대고 속삭였다.

"진심이야?"

"네, 진심이에요."

"지금 막 아무런 보호 장치도 없이 당신 안으로 들어갔어. 이 상태로 당신 안에서 사정하면 저 밖에서 술잔을 엎지른 사람들은 당신이 내 것이라는 걸 알 거야."

세라가 손가락을 구부려 탁자 가장자리를 꽉 움켜쥐며 신음했다.

"그리고요?"

"그리고 내가 떠난 후에도 내 정액이 당신 안에 남아 있겠지. 그게 당신이 원하는 거야?"

"당신도 알잖아요."

세라가 내 움직임에 맞추어 엉덩이를 흔들면서 속삭였다.

"그게 내가 원하는 거예요. 당신이 저 밖에서 남자들끼리 앉아 있거나 나중에 저녁을 먹을 때도 내가 여전히 당신을 느낄 수 있다는 생각이 당신 머릿속에서 떠나질 않을 테니까요."

"젠장, 맞아."

나는 한 손을 세라의 엉덩이 아래로 미끄러뜨려 손가락으로 음부 주변을 어루만졌다. 감질나게 천천히 몸을 앞뒤로 움직이며 내 단단한 물건이 그녀의 촉촉한 그곳으로 들어갔다 나오는 모습을 지켜보았다.

하지만 부인할 수 없는 현실이 내 은밀한 환상을 짓누르고 다가왔다. 이 순간을 이렇게 음미할 시간이 없었다. 짧게 즐기고 끝내야 했다. 나중에 훨씬 더 천천히 그녀를 맛볼 시간이 있으리라.

내가 몸을 뒤로 뺐다가 다시 그녀 속으로 거칠게 돌진하며 점점 더 속도를 높이자 탁자가 끽끽 소리를 내며 흔들렸다. 세라는 내가 앞으로 돌진하는 것만큼 빠르고 힘차게 완벽한 엉덩이를 내게 밀어붙였다.

세라가 조용히 신음하며 속삭였다.

"맥스, 나, 느낄 것 같아요."

나는 손가락으로 세라의 클리토리스를 더 세고 더 빠르게 문질렀다. 세라의 몸을 내 몸만큼 잘 알기에 얼마나 빠르고 세게 자극해야 하는지 잘 알고 있다. 그녀가 자기 이름을 부르는 내 목소리를 얼마나 좋아하는지도.

"세라, 당신을 느끼고 싶어 죽을 것 같아."

세라가 목을 뒤로 젖혀 뒷머리를 내 어깨에 갖다 대며 달콤한 신음 소리를 흘렸다.

"더요, 더."

"젠장, 세라, 사랑해."

바로 그 순간이었다. 세라는 손마디가 하얗게 변할 정도로 탁자 가장자리를 세게 움켜쥐었다. 그녀의 오르가슴이 작고 섹시한 신음 소리에 맞춰 물결처럼 밀어닥쳐 나를 뒤덮었다.

"뭘 느끼고 있어?"

나는 세라의 귓불에 입술을 파묻은 채 간신히 입을 열었다.

"힘? 통제력? 당신은 눈가리개를 한 채 탁자에 묶여 있고, 나는 빌어먹게도 당신에게 빠져 넋을 잃었어. 완전히 혼이 빠져서 숨도 간신히 쉬고 있다고."

세라가 깊이 숨을 내쉬며 탁자 위로 축 늘어지는 듯하더니 이렇게 말했다.

"사랑이요."

엉덩이를 더욱 빠르게 움직이자 곧 사정할 것 같아 긴장이 등줄기를 따라 아랫배까지 흘러갔다.

"사랑?"

내가 되풀이해서 말했다.

"이렇게 금속 탁자에 묶인 채 저 밖에 누가 있는지도 모르는 상황에서 오르가슴에 다다라 사랑을 느꼈다고? 당신도 나처럼, 내게 푹 빠져 정신을 못 차리는 게 분명해."

세라가 고개를 돌려 내 입술을 덮쳤다. 세라는 입술과 혀를 내게 내주며 허기진 신음 소리를 거칠게 내뱉었다. 나도 신음 소리를 흘리며 세라의 엉덩이에 몸을 빠르게 밀어붙이자 마침내 온몸이 긴장하면서 정액이 쏟아져 나왔다.

나는 세라의 키스를 음미하면서 몽롱한 상태로 가만히 있었다. 세라는 절정을 맛보고 나면 으레 이렇게 축 늘어져서 내게 키스했다. 이 공간이 눈앞에서 사라지고, 진부한 말처럼 시간이 멈춘 것 같았다. 세라의 몸과 입술, 키스하면서 마주치는 우리의 두 눈이 이 밤의 모든 것을 삼켜버렸다.

나는 천천히 뒤로 물러나 부드럽지만 게걸스럽게 공격해 들어오는 세라의 입술을 저지하고는 그녀의 입술 윤곽을 음미했다. 손가락 두 개로 그녀의 음부를 쓸어내리면서 그 손길에 움찔하는 세라의 반응을 즐겼다. 손가락 두 개를 그녀 안으로 밀어 넣자 뜨겁게 달아오른 열기를 느낄 수 있었다. 내가 맛본 쾌락의 증거였다.

"이런, 음란하기 짝이 없는 여자군."

내가 손가락을 그녀 안으로 더 깊숙이 밀어 넣으며 속삭였다.

나는 손가락을 빼려다가 쉽게 놓아주지 않으려는 그녀의 몸짓에 미소를 지었다. 하지만 세라는 이제 그만 일어나서 몸을 풀어야 했고, 나는 남은 밤을 보내러 가야 했다.

일어서서 바지를 추슬러 올리고는 무릎을 꿇고 앉아 세라의 다리를 풀어주었다. 세라가 등을 굽혔다가 기지개를 펴고 돌아앉아 내 넥타이를 잡더니 다리 사이로 나를 끌어당겼다.

"남자들끼리 이제 뭐 할 거예요?"

세라가 두 손으로 내 와이셔츠를 쓸어내리면서 물었다.

"저녁을 먹을 거 같은데."

나는 구석에 걸린 세라의 가운을 가지러 뒤로 물러섰다. 더 이상은
다른 사람들에게 세라의 모습을 보여주고 싶지 않았다.

"당신은?"

"저도 저녁 먹겠죠."

세라가 으쓱거리며 말했다.

"그러고 나서는 모르겠어요."

세라가 고개를 들어 놀리는 듯 살짝 미소 지었다.

"어쩌면 다른 클럽에 갈지도 몰라요."

"가서 뭐 하게?"

내가 웃으면서 물었다.

"팬티만 걸친 녀석들이 단단한 물건을 흔들어대는 꼴을 구경하려
고? 그건 안 돼, 세라."

세라의 눈이 다소 도전적인 빛을 드러내며 커졌다.

"당신은 친구들이랑 즐겁게 보내요. 난 나대로 즐길 테니까요."

나는 미소 지으며 허리를 숙여 세라에게 키스했다. 세라의 두 손이
내 얼굴을 쓰다듬고 지나가 머리털을 헤집더니 목 뒤쪽까지 미끄러져
내려갔다.

"몇 시간이고 쉬지 않고 자기랑 죽여주게 할 수 있을 것 같아요."

세라가 내 입술에 대고 속삭이는 순간, 나는 정신을 잃을 뻔했다. 세라는 거친 말을 거의 쓰지 않는데 간간이 그런 말을 내뱉을 때면 나는 어김없이 흥분했다.

"오늘 밤 당신을 얼마나 간절하게 원하는지 마음이 약간 허해지는 것 같아."

나는 신음하면서 세라의 목에 얼굴을 묻었다.

"알아요. 알아."

세라가 말하며 두 손으로 내 가슴을 밀어내고 일어섰다.

"클로에도 끝냈을 거예요. 우리도 가야죠."

우리는 내가 들어갔던 문으로 나왔다. 불행하게도 그 방을 드나드는 출입구는 그 문 하나뿐이었다. 나는 출구가 따로 있는 레드문이 더 좋다. 밖에서 우리를 지켜보는 사람들이 있다는 사실을 아는 것과 그들을 직접 만날 수도 있다는 건 다른 문제이니까.

바깥에 누가 있었는지는 몰라도 다행히 우리가 나오기 전에 사라지고 없었다. 아마도 내가 세라에게 가운을 걸쳐주는 모습을 보고 자리를 떴을 것이다. 복도를 따라 내려가다가 다른 손님들을 지나쳤다. 그 순간 나는 이런 생각을 하지 않을 수 없었다.

'저 사람들이 우리를 봤을까?'

베넷 라이언

·

3

약 삼 분 전에 이 호화스러운 섹스 클럽의 뒷방에서 내 약혼녀에게 절정을 안겨줬으니 끝내주게 좋다고 해야 할지, 아니면 오랫동안 그랬던 것보다 훨씬 더 강하게 분노하고 좌절해야 할지 모르겠다. 빌어먹을 클로에. 그녀가 그런 식으로 떠나버려서 밸런타인데이에 라스베이거스로 온 나를 벌하는 것 같다는 느낌이 들었다. 하지만 제길, 내가 클로에를 조금이라도 안다면 비즈니스 세계에서 우리 각자의 역할이 무엇이든 간에 사랑하는 권력 관계 안에서는 클로에가 나보다 우위에 있다는 것, 그것은 이제 익숙한 일이다. 클로에는 분명히 소소한 게임을 해서 내 짜증과 화를 돋울 수 있는 기회를 얼씨구나 하고 덥석 물었을 것이다. 내가 그렇게 이성을 잃는 걸 무척이나 좋아하니까.

망할 놈의 맥스. 클로에가 이런 식으로 나를 놀리려는 것을 맥스도 알았을까? 만약 알고 있었다면… 그건 매우 기분 나쁘고 소름 끼치는 일이다. 맥스의 엉덩이를 걷어차거나 그 인간 술에 수면제를 타 재운 뒤 지워지지 않는 잉크로 얼굴에 '난 병신이다'라고 써놓아야겠다.

하지만 복수는 뒤로 미뤄야 했다. 자리로 돌아왔을 때 맥스는 없고, 헨리와 윌은 넘쳐나는 술과 여자에 취해 멍한 표정으로 앉아 있었다.

"여기는 어때?"

나는 의자에 앉아 거의 비어 있을 것으로 짐작되는 술잔을 집어 들며 물었다. 그런데 그게 아니었다. 술잔은 채워져 있었고, 음식도 새로 준비되어 있었다. 나는 저 건너편에 있는 지아와 눈을 맞추고는 그녀를 향해 술잔을 들어 올렸다. 지아는 모든 신비스러운 장소와 닫힌 문 안쪽에서 수상쩍은 성행위가 순조롭게 진행되도록 자기 할 일을 확실히 완수하는 여직원이다. 지아가 내게 미소 지으면서 고개를 끄덕이더니 바 뒤로 사라졌다. 내가 잠시 자리를 비운 사이 지아가 옷을 모두 벗어던지고 완전히 벌거벗은 채 서빙하고 있다는 사실을 눈치채지 않을 수 없었다.

나는 지아도 그 일을 즐기고 있기를 바랐다. 지아를 보고 있자니 내 악몽이 되풀이되는 것만 같았으니까.

"댄서는 어땠어?"

헨리가 여전히 무대에서 시선을 떼지 않은 채 물었다. 지금 내가 헨리의 의자에 불을 붙여도 형은 불길이 자기 머리카락으로 옮겨붙어 시야를 가리기 전까지는 알아차리지 못할 것이다.

나는 헨리를 유심히 살피면서 형이 클로에의 깜짝쇼에 동참했는지 알아내려고 애썼다. 하지만 헨리는 뭔가 아는 듯이 미소 짓거나 내가 뭐라고 대답할지에 신경 쓰는 것 같지는 않았다. 윌도 단순한 호기심에서 나를 쳐다보기만 했다.

"괜찮았어."

"빨리 끝났네."

윌이 말했다.

나는 씩 웃었다. 젠장, 그랬다, 너무 빨리 끝났어. 나는 두 사람 중 한 명이라도 클로에의 위험한 행동을 알고 있기를 바랄 뻔했다. 그래야 잘 버텼다고 칭찬이라도 들을 수 있을 테니까.

"진짜 죽여주게 근사한 여자가 있어. 밤새 구경해도 질리지 않을 것 같아."

헨리가 웅얼거렸다.

윌은 시계를 쳐다보면서 몸을 쭉 폈다.

"난 배고파. 저녁 식사 예약하지 않았어? 10시가 다 됐다고."

"맥스는 어디 있어?"

나는 널찍한 공간을 둘러보며 물었다. 구석진 곳과 바를 일일이 다 들여다보지 않는 한 맥스를 찾아내는 건 불가능했다.

"나도 몰라. 네가 나간 다음에 곧장 사라졌어."

월이 어깨를 으쓱거리고 스카치를 마시며 말했다.

생각 언저리에서 뭔가 잡힐 듯 말 듯 맴돌다가 폭탄처럼 펑 하고 터졌다. 세라도 여기 왔다는 사실을 깨달은 것이다. 내가 클로에에게 혼자 왔는지 물었을 때 클로에는 대답하지 않았다. 하지만 클로에가 혼자 여기 왔다고는 상상할 수 없었다. 클로에가 호텔 방으로 돌아가 밤새도록 거품 목욕을 즐길 계획이 아니라면 분명 다른 계획을 세워놓았을 것이다. 내가 클로에와 단둘이 룸에 들어갈 수 있었다면 맥스도 분명히 어딘가에서 여자 친구와 함께 시간을 보낼 것이다.

내가 술을 한 잔 더 마시고, 노래 몇 곡이 더 흘러나왔을 때 맥스가 뒤쪽 어딘가에서 나오더니 우리 탁자로 돌아왔다. 나는 맥스가 다가오는 모습을 보지도 못했다.

"어이, 친구들!"

맥스가 내 뒤에서 박수를 치면서 소리쳤다.

"벌거벗은 여자들의 젖꼭지 감상은 어떻게 돼가고 있나?"

다들 '훌륭해'와 비슷한 말을 웅얼거리듯 내뱉었다. 맥스는 자신이 얼마나 느긋한지 보여주려는 듯 웃음을 터뜨리며 내 옆의 의자에 털썩 주저앉았다.

"랩 댄스는 어땠어?"

맥스가 눈을 반짝이며 물었다.

"나쁘지는 않았지?"

나는 어깨를 으쓱거리고는 취기에 맥스가 던지는 미소를 받아주었다. 맥스는 내가 긴장한 강도만큼 느긋해 보였다.

"너 방금 하고 나왔지? 이 벼락 맞을 놈아."

맥스가 눈을 크게 뜨더니 내 쪽으로 상체를 기울였다.

"넌 안 했어?"

"젠장, 못했어."

내가 고개를 가로저으며 속삭였고, 맥스는 껄껄 웃음을 터뜨렸다.

"클로에가 자기만 즐기고 떠나버렸다?"

맥스가 나지막하게 휘파람을 불다가 한숨을 쉬었다.

"넌 집으로 돌아가는 클로에를 낚아채서 보복해야 하겠는데."

진심으로 한 말일까? 맥스는 내가 이런 일을 당하고도 오늘 밤 내내, 심지어는 앞으로 남은 긴 주말 내내 클로에를 가만히 놔둘 거라고 생각한단 말인가?

"그 둘이 어디로 간대?"

내가 숨죽여 물었다.

맥스는 내 접시에 있는 블리니에 캐비아를 약간 올려놓으면서 어깨를 으쓱거렸다.

"사실 나도 몰라. 아침에 떠날 것 같기는 하지만 말이야."

"어디에 묵고 있지?"

"몰라. 세라가 다 알아서 했거든."

맥스는 그 문제에 그다지 관심이 없는 것 같았다. 하지만 나는… 그래, 맥스야 당연히 그렇겠지. 저 뒤쪽 어딘가의 방에서 실컷 즐기고 나온 게 분명하니까. 하지만 나는 클로에가 내 손으로 절정에 오르는 광경을 지켜보기만 했다.

내가 멀리 떨어진 벽을 흘낏 쳐다봤을 때 클로에와 세라가 팔짱을 끼고 웃으면서 검은색 통로를 막 빠져나왔다. 맥스가 내 시선을 좇더니 깊은 한숨을 내쉬었다.

"젠장, 너무나 사랑스러운 여자들이야."

"두 사람이 어디로 가는지 궁금해."

내가 중얼거렸다. 맥스는 내 마음을 읽은 것처럼 고개를 가로저으며 나를 쳐다보았다.

"오늘 밤 우리 일정이 빡빡하게 짜여 있다고, 친구."

"물론 그러겠지."

"여자들도 자기들 계획이 있고 말이야."

"그래, 그러겠지."

맥스는 세라에게서 시선을 떼지 못한 채 말을 멈추었다. 강렬하고 간절한 뭔가가 세라의 눈에서 맥스의 눈으로 옮겨갔다. 세라 뒤쪽에서 지갑을 뒤지고 있던 클로에가 고개를 들어 나를 쳐다보았다. 클로에의 입술이 벌어지고 한 손이 가슴 위로 올라갔다. 나는 클로에의 눈에서 진심 어린 걱정의 빛을 볼 수 있었다. 어쩌면 약간의 죄의식도 서린 것 같았다.

"괜찮아요?"

클로에의 입술이 움직였다.

클로에가 자신의 행동에 죄의식을 느낀다면 나는 기분이 좋을 것 같았다. 나는 능글맞은 웃음을 날렸다.

"아니, 괜찮지 않아."

하지만 어느새 죄의식의 흔적이 난데없이 사라졌다. 클로에는 사악하게 미소 지으며 내게 키스를 날리고 세라의 팔을 끌어당겼다. 나는 맥스와 함께 두 사람이 우리가 들어왔던 묵직한 강철문을 통과해 클럽 밖으로 나가는 모습을 지켜보았다.

"젠장. 우린 한 쌍의 운 좋은 얼간이들이야."

내가 한숨을 쉬었다.

"그래, 맞아."

나는 고개를 들어 맥스의 눈을 들여다보았다. 맥스가 오늘 밤 계획을 짜놓았고, 우리가 할 일이 잔뜩 있다는 건 잘 알고 있다. 하지만 오늘은 금요일 밤이고, 화요일까지 이곳에 있을 계획이다. 내가 한 시간쯤 사라졌다고 해서 무슨 큰일이 날까?

맥스가 몸을 앞으로 숙여 내 팔뚝을 움켜잡고 껄껄 웃었다.

"그런 생각은 하지도 마, 베넷."

* * *

어찌나 어둑어둑한지 동굴 속이나 다름없는 클럽에서 빠져나오자 투광조명을 정통으로 받는 것 같았다. 높이 솟은 호텔들이 어두운 하늘을 가득 채웠고, 심지어는 라스베이거스 스트립을 따라 저 멀리까지 늘어서 있는 모든 카지노에서 흘러나오는 LED 불빛과 네온사인 불빛을 볼 수 있었다. 그리고 맙소사, 무진장 시끄러웠다. 우리가 건물 앞 굽이진 진입로에 서서 운전사를 기다리는 동안 거리에서는 빵빵거리는 소리가 시끄럽게 터져 나왔다. 자동차들이 길가의 갓돌로 올라와 멈춰 섰다가 사람들을 내려주거나 태우고 다시 움직였다. 다양한 체구의 사람들이 오갔고, 저 멀리 빵빵 소리가 울렸으며, 몇 블록 떨어진 거리에서 사이렌 소리가 울렸다.

그리고 사방에서 물소리가 들렸다. 대리주차 구역 곳곳에 가득한 장식물들이 쏟아 내는 물소리, 더 큰 호텔들에서 꽐꽐 쏟아지는 폭포 소리, 거의 모든 관광객이 지나가면서 동전을 던지는 커다란 분수에서 나는 소리까지 온갖 물소리가, 현란하고 화려한 대형 카지노들에서 멀리 떨어진 이곳까지 들렸다.

헨리는 삼층 분수로 걸어가 안을 힐끗 들여다보더니 일렁이는 수면 아래로 포커 칩 하나를 빠뜨렸다.

"사막에 이렇게 물이 많을 줄 누가 생각이나 했겠어?"

윌이 우리 뒤쪽에서 걸어 나와 추운 날씨에도 외투를 벗었다.

"물은 살아가는 데 꼭 필요하지. 사회는 인구를 유지하기 위해 물을 필요로 해. 중요한 자원을 겉보기에 사치스럽고도 호탕하게 이용하는 것은 공동체가 번영하고 있다는 뜻이지. 사람들이 부자가 되면 낙관적으로 변하고, 낙관적인 관광객이 돈을 더 많이 써서 경제를 부양하는 거야."

윌은 껌 하나를 입에 넣고 씹으면서 어깨를 으쓱거렸다.

"게다가 이렇게 기똥차게 예쁘기도 하고 말이야."

헨리가 입을 떡 벌리고 윌을 쳐다보았다.

"너 진짜 얼간이구나."

"그렇지?"

맥스가 다정하게 미소 지으며 말했다.

윌이 헨리를 향해 턱을 치켜들었다.

"조건반사적으로 백 달러짜리 칩을 분수에 던져 넣은 사람은 내가 아니거든. 어쨌든 내 이론을 증명해줘서 고맙군."

그 순간, 헨리가 깜짝 놀라 눈을 크게 뜨더니 분수로 달려갔다.

"젠장, 미치겠군."

윌이 두 손을 주머니에 찌른 채 벽돌 벽에 등을 기댔다. 그 바람에 정장 재킷 자락이 구부러진 팔 안쪽으로 말려 올라갔다.

"그래서 방탕한 주말을 어떻게 보낼 계획이지? 저녁 먹고 나서 뭐 할 거야? 스카이다이빙? 처녀 헌팅? 아니면 베넷이 불알도 없는 남자가 되는 걸 기리는 문신을 하러 갈 거야?"

나는 윌에게 능글맞은 웃음을 던졌다. 맥스가 세라와 화해한 후로, 윌은 우리 삶에서 떠나지 않는 사람이 되었다. 우리 커플과 윌은 일주일에 몇 번씩 만나 점심과 저녁을 먹고 쇼를 구경했다. 윌은 우리 패거리에서 독신자로 지정된 사람인데, 맥스와 내가 남자 구실을 못하는 공처가라는 사실을 지적하는 재미로 사는 것 같았다.

"윌, 넌 이해하지 못하겠지만 한 여자하고만 자면 좋은 점이 하나 있어. 한 여자와 좀 더 잘 즐길 수 있는 방법을 터득한다는 거지. 난 내 불알에 전면적으로 접근할 권리를 클로에에게 줘서 더없이 행복하다고."

이 말에 헨리가 분수에서 떨어져 나와 윌에게 다가갔다.

"그건 그렇고 말이야. 네가 여기서 처녀를 찾을 수 없다는 데 백 달러 걸지."

윌이 헨리가 내민 손바닥을 힐끗 내려다보고 웃었다.

"저 클럽 밖으로 나온 지 이 분밖에 안 됐는데 넌 방금 백 달러 짜리 포커 칩을 던져버렸고, 또다시 백 달러 내기를 하는군. 진짜 카지노에 가면 네가 어떻게 할지 궁금해서 기다릴 수가 없는걸."

"난 돈을 따는 사람이야."

헨리가 취기에 남자다움을 과시하려고 가슴을 두드리다가 움찔하면서 말했다.

나는 한 손으로 얼굴을 쓸면서 끙 하고 신음했다.

"형은 아무 데도 못 데리고 가겠어."

"넌 방금 랩 댄스를 즐기고 나왔잖아."

헨리 형이 내 어깨를 밀치며 말했다.

"근데 왜 이렇게 부루퉁해? 얼간이처럼 헤벌쭉 웃어야 하잖아."

나는 맥스의 웃음소리가 들리는 쪽으로 돌아섰다.

"저 녀석은 그냥 무시해버려."

맥스가 나를 가리키면서 다른 사람들에게 말했다.

"우리의 베넷이 욕구불만에 좀 시달리고 있으니 말이야."

빌어먹을 맥스. 두 손을 주머니에 넣은 채 멍한 미소를 머금고 있는 맥스는 냉담함의 화신이었다. 지금 내 상태와는 정확하게 반대였다.

나는 당장이라도 클로에의 목을 조를 수 있을 것만 같았다. 클로에를 처음 만난 날 이후로 이런 내 심정에 점점 더 익숙해지고 있었다. 지금까지 내내 클로에는 다른 누구와 달리 내 화를 돋울 수 있었다. 솔직히 말해서 우리 둘 중 나를 놀리는 걸 즐기는 클로에가 더 미친 건지, 아니면 그렇게 놀림 받는 걸 지독하게 즐기는 내가 더 미친 건지 알 수 없다.

"그래서… 계획이 뭐야?"

윌이 건물 벽에서 떨어지면서 다시 물었다.

"밤새도록 여기 서서 베넷이 발작을 일으키는 걸 지켜볼 거야, 아니면…?"

맥스가 시계를 확인하며 말했다.

"저녁 먹자. 마담이 원에 있는 스테이크 전문점에 예약해놨어. 최고의 식사가 될 거야."

나는 운전사를 찾아보려고 돌아서서 거리 아래쪽을 훑어보았다. 그때 맞은편 모퉁이에서 초록색 불빛이 내 시선을 사로잡았다. 클로에였다. 클로에가 클럽에서 날 두고 떠날 때 보인 놀리는 미소를 머금은 채 눈을 반짝이며 세라와 함께 있었다. 지금 두 사람은 보도에 서서 택시를 잡으려고 양팔을 쭉 뻗고 있었다.

나는 재빨리 맥스를 힐끗 쳐다보았다. 맥스는 680그램이 넘는 대형 비프스테이크를 십오 분 안에 먹을 수 있는지를 두고 윌과 헨리와 논쟁을 벌이고 있었다.

그때 모퉁이를 돌아서 진입로로 다가오는 우리 차가 보였다. 그 즉시, 나는 신속하게 행동해야 한다는 사실을 깨달았다. 그래서 한 가지 계획의 희미한 윤곽만 잡아놓은 채, 얼굴을 찡그리면서 한 손으로 배를 움켜쥐고 몸을 웅크렸다.

"베넷, 왜 그래? 괜찮아?"

윌이 눈썹을 치켜세우고 물었다.

"괜찮아, 괜찮아."

나는 손사래를 치면서 말했다.

"그냥 배가 좀… 위궤양이 도진 것 같아."

맥스가 눈을 가늘게 떴다.

"너한테 위궤양이 있어?"

"응."

나는 고개를 끄덕이며 말하고는 좀 더 효과를 높이려고 숨을 헉 하고 들이마셨다.

"너한테 위궤양이 있단 말이지."

맥스가 같은 말을 반복했다.

나는 몸을 약간 일으켜 세웠다.

"그거 뭐 문제라도 돼?"

맥스는 눈썹을 벅벅 긁으며 의심스러운 눈빛으로 나를 바라보았다.

"좀 이해하기 힘들어서 말이야. 위대하고 강인한 베넷은 더없이 스트레스가 심한 회의에서도 거의 혈압이 올라가지 않고, 다른 사람 의견에는 전혀 신경 쓰지 않잖아."

이쯤에서 맥스가 자기들 세 명을 가리켰다.

"우리 의견도 전혀 듣지 않고 말이야."

그러고는 한마디 덧붙였다.

"그런 베넷에게 위궤양이 있단 말이지."

차가 우리 앞쪽 갓돌에 멈춰 섰을 때 세라와 클로에 앞에도 택시가 멈춰 섰다.

"그래, 그렇다니까."

나는 다시 맥스의 시선을 받아치면서 말했다. 운전사가 문을 열고 기다렸다. 모두 맥스와 나를 번갈아 쳐다보면서 기다렸다.

"그런데 난 왜 지금까지 그 위궤양 이야기를 듣지 못했을까?"

헨리가 물었다.

"형이 내 의사나 엄마가 아니니까."

내가 대답했다. 다들 아무 말도 하지 않은 채 나를 쳐다보았는데 걱정하는 정도가 저마다 달라 보였다. 아니, 맥스는 내 말을 믿지 못하는 것 같았다.

"그러니까 다들 차 타고 먼저 가. 난 약국에 들렀다 갈게. 저 거리 아래쪽에 약국이 하나 있는 걸 봤어."

맥스가 자동차 문 너머로 나를 계속 쳐다보았다.

"우리랑 같이 타지 그래? 가는 길에 약국에 들르면 되잖아."

"그럴 필요 없어."

내가 손을 흔들며 말했다.

"나 혼자 가야 해. 누구도 기다리게 하고 싶지 않거든. 다들 먼저 가. 나는 처방전을 받아 갈 테니까. 레스토랑에서 만나."

"난 아무래도 좋아."

헨리가 이렇게 말하고 차에 올라탔다.

"기다리지 뭐."

윌이 내키지 않지만 알겠다는 투로 말했다. 맥스만 빼고 다들 한 남자가 빌어먹을 위궤양 약을 사러 가도록 내버려둘 모양이었다.

"좋아, 가봐."

맥스가 능글맞은 미소를 던지며 말했다.

"사실은 불쌍한 베넷이 설사할 것 같아서 저러는 것 같지만 말이야."

맥스가 나를 돌아보았다.

"레스토랑에서 만나자고."

나는 눈을 부릅뜨고 맥스를 쏘아보았다. 맥스는 운이 좋았다. 지금은 내가 뭐라고 반박할 시간이 없으니까. 게다가 내가 당장 맥스에게 걸어가서 저 잘난 체하는 면상을 한 대 갈겨줄 시간도 없으니까.

"그래, 레스토랑에서 만나."

나는 차가 떠날 때까지 기다렸다가 돌아서서 택시를 잡기 시작했다. 클로에와 세라가 탄 택시는 이제 막 가로등에 다다랐다. 서두르면 따라잡을 수 있다. 택시 한 대가 멈춰 섰을 때 나는 얼른 올라타 운전사에게 클로에가 탄 택시가 가는 곳까지 신속하게 데려다주면 돈을 두둑이 주겠다고 약속했다. 앞으로 어떻게 할지, 클로에를 어떻게 세라와 떼어놓을지는 아직 구체적으로 생각하지 못하고 나는 반사적으로 움직이고 있었다. 클로에를 따라잡아서 클로에 혼자만 데리고 나와 내 욕구를 풀어내는 것이다.

내 약혼녀는 섹스 클럽에서 랩 댄스로 나를 깜짝 놀라게 만들었고, 나는 지금 택시에 올라타 자동차 추격전을 벌이고 있다. 내 총각파티가 라스베이거스에서 본격적으로 시작되었다.

* * *

클로에와 세라가 탄 택시가 라스베이거스 스트립 바로 아래쪽에서 멈춰 섰고, 나는 두 사람이 내리는 모습을 보고 운전사에게 요금을 지불한 뒤 잠깐 동안 가만히 앉아서 클로에와 세라 두 사람이 서로 다른 방향을 가리키며 말하는 모습을 지켜보았다. 세라는 플래닛 할리우드를, 클로에는 코즈모폴리턴을 가리켰다. 두 사람이 결정을 내렸는지 고개를 끄덕이고는 서로의 뺨에 키스하고 각자 반대 방향으로 걸어갔다.

기가 막히게 완벽했다.

나는 택시에서 내려 늦은 밤의 인파를 뚫고 클로에를 따라 코즈모폴리턴으로 들어갔다. 코즈모폴리턴 카지노 내부가 어두워서 눈이 어둠에 적응하는 데 시간이 좀 걸렸다. 넓은 공간을 훑자니 명확한 색상들과 번쩍이는 불빛들이 보였다. 땡땡거리는 전자음이 가득했다. 나는 카지노 앞쪽 근처에서 계단으로 향하는 클로에를 발견했다.

반짝거리는 크리스털 구슬들이 몇 층 위에 있는 천장에 늘어지게 매달려 커다란 계단을 휘감고 있었다. 그 때문에 내가 서 있는 곳에서는 클로에가 거대한 샹들리에 속으로 사라지는 것처럼 보였다.

흔들리는 클로에의 엉덩이를 황홀하게 쳐다보며 멀찍이 떨어져서 클로에의 뒤를 밟았다. 클로에가 여기서 대체 뭘 하는 건지 궁금했다. 누군가를 만나려는 걸까? 클로에가 한 번도 이야기한 적은 없지만 라스베이거스에 친구들이 있을지도 모르는 일이다. 아니면 세라가 길 건너편에서 뭔지는 몰라도 볼일을 마치고 올 때까지 여기서 기다리려는 것일 수도 있다. 내가 모르는 클로에의 비밀이 있을지도 모른다고 생각하자 피가 끓어올랐다. 우리는 함께 살고 함께 일했고, 모든 점에서 우리의 삶은 철저하게 뒤엉켜 있었다. 하지만 나는 클로에가 언제나 내 애를 태우며 신비스럽게 행동할 여자라서 기뻤다. 클로에의 지독하게 독립적인 성격 때문에 나는 클로에의 마음을 속속들이 알아내지는 못할 것이다. 클로에가 완전히 내 것이 되었을 때조차도 그녀는 언제나 내가 도전해서 정복해야 하는 대상으로 남아 있을 것이다.

나선형 계단을 통해 클럽의 3층에 거의 다다랐지만 클로에의 목적지가 어디인지 여전히 분명하지 않았다. 결국에는 클로에의 이 사악한 작은 게임에 배가 아파오기 시작했다. 나는 클로에를 벌하는 전희를 뛰어넘어 그녀 몸속으로 곧장 들어가고 싶어서 이 짓을 그만두기로 했다. 이렇게 결정하자마자 단숨에 성큼성큼 몇 걸음을 옮겨 한 손으로 클로에의 팔뚝을 감싸 쥐었다.

"혼쭐날 각오는 됐겠지?"

클로에 머리에 얼굴을 묻고 위협적으로 나지막하게 말했다.

클로에가 잠시 뻣뻣하게 굳어졌다가 긴장을 풀면서 내 가슴에 몸을 기댔다.

"당신이 날 찾아내는 데 얼마나 걸릴지 궁금했어요."

"그만."

나는 나선형 계단을 계속 올라가면서 말했다.

"오늘 밤에 이야기는 충분히 했어."

이제 우리 두 사람은 희미하게 빛나는 구슬 커튼 속으로 완전히 들어왔다. 구슬 커튼이 은은하게 빛나면서 우리를 감싸는 것처럼 보였다.

"이제는 그 예쁜 당신 입을 닫아야 할 때야… 내가 필요로 할 때가 아니면 말이야."

3층에 도착하자 상당히 인상적인 바가 있었다. 보석 색깔의 병들이 선반에 늘어서 있고, 그것보다 더 많은 반짝거리는 보석들로 장식된 바였다. 나는 어두컴컴한 모퉁이를 향해 계속 나아갔다. 거기 구석진 곳에서 발견한 문 위쪽의 팻말을 보고는 미소 지었다. 클로에와 단둘이 있을 수 있는 장소를 찾아낸 것이다. 솔직히 말해 우리는 늘 화장실에서 상당히 멋진 시간을 보냈다.

우리가 남자 화장실로 들어가자 머리를 검게 염색한 나이 지긋한 노인이 깜짝 놀라서 쳐다보았다. 나는 노인과 악수하려고 손을 내밀면서 노인의 손에 백 달러 지폐 한 장을 쥐어주었다.

"저 바깥이 너무 시끄러워서요."

문 저쪽 편의 카지노와 바를 향해 고개를 까닥이면서 말했다.

"저희 둘이 여기서 몇 분 동안 이야기할 수 있게 자리를 비켜줄 수 있으시겠죠?"

노인이 지폐를 내려다보고 눈을 크게 뜨더니 미소로 화답했다.

"이야기를 한다고?"

"네, 어르신."

노인의 시선이 클로에에게 옮겨갔다.

"아가씨도 동의하는 건가? 내가 지금은 그다지 대단해 보이지 않겠지만 젊은 시절에는 저 예쁘장한 녀석을 뭐에 맞았는지도 모르게 쓰러뜨릴 수 있었지."

내 옆에서 클로에가 웃음을 터뜨렸다.

"어쩌면 지금도 그렇게 하실 수 있을 것 같은데요."

클로에가 윙크하며 말했다.

"사실 저도 이 예쁘장한 녀석을 단번에 쓰러뜨릴 수 있답니다. 진짜예요."

"의심의 여지가 없어 보이는군."

노인이 하얀 이를 드러내며 활짝 웃었다.

"어디 보자, 이런, 이만 가봐야 할 시간이잖아."

노인이 시계를 내려다보며 말했다. 손을 뻗어서 고리에 걸린 모자를 집어 쓰더니 윙크하면서 '청소 중' 팻말을 문 바깥에 걸었다.

문이 닫히자 나는 잠시 클로에를 가만히 바라보다가 화장실을 가로질러 가서 문을 잠갔다.

클로에는 널찍한 대리석 화장대에 올라앉아 긴 다리를 꼰 채 나를 보았다. 이 화장실은 매우 호화로워서 일반 화장실이라기보다 칸막이 방들이 딸린 거실에 가까웠다. 바닥은 카지노의 다른 곳과 똑같이 검은색과 금색이고, 날개 모양 등받이 의자 세 개가 벽 쪽에 놓여 있었다. 그 사이로 파란색 가죽 벤치가 보였다. 화장실 중앙에 걸린 커다란 샹들리에가 딸랑딸랑 소리를 내며 사방의 벽을 색색으로 물들였다.

"내가 곤경에 빠진 건가요?"

클로에가 기대에 찬 눈빛으로 물었다.

"곤경의 나라에 온 거지."

나는 클로에에게 한 발짝 다가갔다.

"이런 일이 반복되는 것 같은데요."

"그렇지?"

"내가 잘못한 걸 말해주려는 거예요?"

클로에가 뺨을 붉힌 채 눈을 크게 뜨고 장난스럽게 나를 올려다보았다. 지독하게 아름다웠다.

"내가 손으로 해줬어야 했나요?"

"하나도 웃기지 않아."

갈비뼈 아래에서 심장이 쿵쿵거렸고, 혈관을 타고 흐르는 아드레날린에 취해 정신이 몽롱해졌다. 나는 화장실을 가로질러 클로에에게 다가가 그녀의 두 다리를 벌리고 그 사이로 들어갔지만 클로에의 눈빛은 조금도 흔들리지 않았다.

나는 한 손으로 클로에의 발목을 감싸 쥐고 손가락 하나로 부드러운 종아리 피부를 쓸었다.

"이 신발은 그다지 분별 있어 보이지 않는데."

내가 엄지손가락으로 부드러운 신발 가죽을 쓸면서 말했다.

클로에가 나를 뚫어지게 쳐다보았다. 매끄럽고 붉은 입술이 미치도록 유혹적이다.

"어쩌면 내가 이번 주말에 그다지 분별 있게 행동하지 못하고 있는지도 모르죠. 그래서 내가 곤경에 빠진 건가요?"

"당신이 도저히 참아줄 수 없는 사람이라서 곤경에 빠진 거야."

클로에가 턱을 치켜들고 내 눈을 바라보았다.

"그쪽 분야의 최고한테서 배운 솜씨죠."

나는 클로에의 다리 하나를 내 엉덩이 쪽으로 들어 올려 그녀의 허벅지에서 깊숙한 안쪽까지 순식간에 훑어 올라갔다. 그 순간, 클로에가 클럽에서 어떻게 나를 두고 떠났는지, 욕구불만 상태의 나를 두고 떠나면서 얼마나 의기양양해했는지, 우리가 서로 다투다가 결국에는 서로를 먼저 흥분시키려고 애쓰는 경우가 얼마나 잦았는지 떠올랐다. 그러자 좌절감이 새롭게 온몸을 강타해 나는 어금니를 앙 다물었다. 심각하게 꼬인 상황이 지금 여기서 펼쳐지고 있었다.

아직까지도.

나는 두 손으로 클로에의 엉덩이를 감싸 쥐고 화장대 가장자리로 홱 끌어당겼다. 클로에가 날카롭게 숨을 들이쉬었지만 무시했다.

"당신…."

클로에가 항의하려고 했지만 나는 손가락 하나를 그녀 입술에 대고 말을 막았다. 클로에는 아직도 감귤 향기가 아니라 낯선 꽃 향기를 풍겼지만 짙은 화장과 낯선 향수 냄새 아래 그녀의 눈에는 뭔가 더 부드러운 빛이 어려 있었다.

클로에는 특별하다. 상황에 따라 자신이 원하는 대로 의상을 연출하고 분위기를 바꾸어도 그녀 특유의 아름다움은 언제나 나를 흥분시킨다. 이런 깨달음이 찾아오자 물에 빠진 것처럼 숨을 쉴 수가 없었다. 나는 앞으로 숙여 손가락 대신 입술을 대자마자 내 감촉을 느끼려고 꿈틀거리며 내뱉는 클로에의 작은 숨소리와 신음에 파묻혀 정신이 혼미해졌다. 클로에의 키스가 마약처럼 핏속으로 스며들었다. 나는 우리의 벌어진 입술 사이로 부드럽게 움직이는 혀의 감촉을 좀 더 느끼고 싶어서 한 손으로 그녀의 머리털을 헤집으며 그녀의 머리를 기울였다.

손바닥으로 클로에의 가슴을 눌러 화장대 위에 눕혀서 내가 원하는 자세를 잡았다. 하지만 특별히 부드럽게 다루지는 않았다. 그럼에도 클로에는 게임을 하고 있음을 안다는 뜻으로 눈을 크게 뜨고 부드러운 입을 벌린 채 순순히 협조했다. 클로에가 팔꿈치로 화장대를 짚고 상체를 뒤로 기울이더니 내가 또 뭘 할지 알아보려는 듯 올려다보았다.

손에 잡힐 것 같지도 않은 얇은 치마를 엉덩이까지 밀어 올리자 그 아래로 클로에의 늘씬한 두 다리와 독특한 새틴 팬티가 드러났다. 나는 클로에를 지배하고, 그녀에게 내 흔적을 남기고, 자기 욕구를 만족시켜달라고 애원하는 클로에의 모습을 보고 싶어서 손가락으로 그녀의 피부를 쿡쿡 눌렀다.

"입으로 할 거야."

클로에의 허벅지 사이에 무릎을 꿇고 앉아 얇은 천에 내 입술을 갖다 대고 문지르면서 말했다.

"여기 이곳을 내 혀로 핥을 거야. 당신이 내 물건을 넣어달라고 애걸할 때까지 말이지. 간절하게 애원하면 그렇게 해줄지 몰라."

내가 어깨를 으쓱거렸다.

"뭐, 안 해줄 수도 있고."

클로에가 짧게 숨을 들이쉬고는 내 머리털을 잡아 자기 쪽으로 끌어당기려고 했다.

"놀리지 말아요, 베넷."

클로에가 말했다.

나는 클로에의 손을 치우고 웃으면서 클로에를 올려다보았다.

"오늘 밤 당신에게는 더 이상 결정권이 없어, 클로에. 클럽에서 그 작은 게임을 벌이고 난 뒤로는 말이야."

나는 클로에의 두 다리 사이에서 다시 한 번 숨을 들이쉬고는 팬티 천이 축축하게 젖을 때까지 내 혀로 클로에의 클리토리스를 핥았다.

"당신은 내게 키스하고, 당신 가슴을 맛보게 해놓고는 내 손으로 절정을 느끼고 나서 날 두고 떠났어. 단단하게 일어선 날 두고 말이야. 그건 아주 좋지 않았어."

"난… 이게 무슨 짓이에요?"

목까지 붉어진 클로에가 초점 없는 눈으로 나를 쳐다보며 말했다.

나는 다시 상체를 앞으로 숙여 클로에를 화장대에 앉혀놓고 깊숙한 그곳이 촉촉하게 젖을 때까지 얇은 새틴 위로 그곳을 핥고 깨물었다. 클로에가 머리를 뒤로 젖히며 신음을 내뱉고 내 이름을 속삭이듯 불렀다.

"더 크게 말해. 당신 목소리가 들리게."

내가 그녀의 다리 사이에 얼굴을 파묻은 채 말했다.

"팬티를 벗기고 핥아줘요."

클로에의 간절한 목소리에 전기 충격과도 같은 흥분이 온몸을 강타했다. 나는 한 손에 얇은 팬티 끈을 감아서 거칠게 찢어버렸다. 그녀의 촉촉한 그곳과 내 입술 사이를 가로막는 장애물을 완전히 없애고 싶었다.

마침내 내 혀가 그녀의 살갗에 닿자 클로에가 소리 지르며 등을 활처럼 굽히고 손가락으로 내 머리털을 헤집었다. 그녀의 신음 소리가 주위에 울려 퍼졌다.

장소가 좀 불편했지만 상관없었다. 게다가 옆을 돌아보니 아랫입술을 깨문 채 거울에 비친 모습을 지켜보는 클로에가 보이는 것이 아닌가. 그 정도면 부족한 부분을 메우고도 남았다. 나는 클로에의 모습을 바라보면서 혀를 그녀 안 깊숙이 밀어 넣어 달콤한 맛을 음미했다.

그러고는 나를 너무나 갖고 싶어서 촉촉하게 젖은 그녀 깊숙한 곳에 손가락 하나, 그리고 또 하나를 집어넣고 빙빙 돌리면서 거울로 그 모습을 지켜보았다. 클로에는 말을 제대로 잇지 못하고 나지막한 신음 소리만 헉헉 내뱉었고, 더 해달라는 듯 두 다리를 점점 더 넓게 벌리며 내 이름만 되뇌었다. 클로에는 섹시한 구두 뒤축으로 화장대 가장자리를 긁어댔다. 나를 감싼 채 달아오르는 클로에의 열기, 점점 더 절정에 가까워지면서 떨리기 시작하는 그녀의 온몸을 느낄 수 있었다.

"좋아?"

클로에가 내 목소리의 진동을 느낄 수 있도록 그녀의 음부에서 입술을 떼지 않은 채 물었다.

클로에는 숨도 제대로 쉬지 못하고 두 손을 올려 자신의 머리털을 헤집으면서 고개를 끄덕였다.

"너무 좋아요. 젠장, 베넷, 곧 느낄 것 같아요."

맙소사, 이건 고문이다. 클로에가 자제력을 잃는 모습을 지켜보고 싶으면서도 그녀를 느끼고 싶다니 말이다.

나는 절망적인 마음 상태를 숨기려고 애쓰면서 두 손으로 클로에의 엉덩이를 잡고 그녀를 벤치로 던지다시피 내려놓았다. 그러고 그 위로 몸을 숙여 클로에의 배꼽에서 그녀가 브래지어라고 부르는 레이스 끈까지 일직선으로 핥아 올라갔다. 나는 몸을 곧추세우고 앉아 셔츠 위쪽 단추를 열어젖힌 다음, 손을 벨트로 뻗어 바지를 벗었다. 단단해진 내 물건을 꺼내는 순간, 클로에가 내 손을 찰싹 치면서 치우고는 내 것을 감싸 쥐는 바람에 나는 숨이 넘어갈 뻔했다.

"안 돼."

내가 클로에를 휙 돌려 엎어놓고 그 뒤로 돌아가면서 말했다.

"당신은 이미 당신 몫을 즐겼잖아. 이제는 내가 즐길 차례야."

나는 클로에의 엉덩이를 세게 찰싹 치면서 위로 들어 올렸다. 클로에가 숨을 헉 들이마시며 나를 보았다. 나는 달래듯이 그녀의 살갗을 한 손으로 쓸면서 사악한 미소를 지었다.

"내가 그만뒀으면 좋겠어?"

클로에의 눈이 가늘어지면서 반짝거렸다.

"그렇다면 언제든지 그만하라고 말해. 당신에게는 끔찍한 고문과 같은 일이 지금부터 시작될 테니까."

내가 웅얼거렸다. 나는 귀두로 그녀의 촉촉한 음부를 쓸다가 클리토리스로 내려가서 빙글빙글 돌리기 시작했다.

"당신은 진짜 개자식이에요."

클로에가 간신히 이렇게 내뱉었다. 나는 또다시 그녀의 엉덩이를 좀 더 세게 때렸다. 하지만 이번에 클로에는 놀라지 않고 욕정 어린 거친 신음 소리를 내뱉었다.

그러자 모든 것이 갖추어졌다. 클로에와 그녀의 신음 소리, 제발 안으로 들어와 나를 가져달라고 애원하는 클로에의 몸짓까지 모든 것이 내 뜻대로 되었다. 그리고 마침내 내가 그녀 안으로 들어가 다시 그녀의 엉덩이를 찰싹 때렸을 때 클로에는 더 강하게, 더 빨리 해달라고 애원했다.

나는 내가 원하는 것을 가졌는데도 충분하지 않았다. 절대 충분하지 않을 것이다. 내 가슴 깊은 곳 어딘가에서 클로에를 향한 절대적인 사랑의 무게를 느낄 수 있었다. 그녀를 만지고 느끼고 가지고 완전히 내 것으로 만들고 싶은 끝없는 욕구가 일었다.

나는 그녀 안으로 들락날락하면서 클로에의 셔츠 자락을 손가락에 감아쥐고 아래로 끌어 내려 그녀의 가슴을 감상했다. 클로에의 머리털이 등에 펼쳐져 있었다. 그 아래로 손을 집어넣자 내 살갗에 와 닿는 머리카락의 서늘한 감촉이 느껴졌다. 나는 내 성기가 그녀 안으로 들어갔다 나오고, 클로에가 그 리듬에 맞추어 내게 엉덩이를 들이밀고, 클로에의 치마가 분홍빛 엉덩이 위로 말려 올라가는 모습을 지켜보았다.

"이게 그리웠어."

나는 내가 만들어놓은 흔적을 손으로 감싸 누르면서 말했다.

"그동안 내내 그랬지."

클로에가 고개를 끄덕이며 내 이름을 불렀다. 어디 잡을 곳을 찾아 한 손을 뻗고, 다른 한 손을 자기 다리 사이로 집어넣는 클로에의 목소리에 좌절감이 묻어 있었다.

"아주 좋아."

나는 자기 아랫도리를 만지는 클로에의 모습을 바라보며 말했다.

"거기야. 그렇게 당신 손으로 하는 거야."

클로에는 바로 그게 필요했는지 내게 엉덩이를 들이밀면서 등을 활처럼 굽히고 비명을 질렀다. 나도 절정에 가까워져서 제대로 생각할 수가 없었고, 욕구가 너무 거세게 밀어닥쳐서 숨도 제대로 쉴 수 없었다. 그녀 안으로 돌진하고 또 돌진하자 두 다리가 타는 것 같았고, 근육이 터질 듯 팽팽해졌다. 벤치의 다리가 돌바닥에 쓸려 끽끽거렸고, 우리 아래에 깔린 의자 가죽이 삐익삐익 소리를 냈다.

"베넷, 젠장, 베넷."

클로에가 내 이름을 부르자 아랫배에 고인 열기가 점점 강렬해져 전신으로 퍼져 나갔다. 시야가 어두워지고 흐려지면서 나는 마침내 절정에 다다랐다.

내 근육 하나하나가 단번에 풀어지는 것 같았다. 나는 지쳐서 헐떡거리며 무너져 내리는 몸을 지탱하려고 의자를 움켜잡았다.

"젠장."

바닥이 빙글빙글 돌았다. 게다가 주변이 너무나 조용해서 내 목소리와 심지어는 우리의 숨소리까지 대리석에 반사되어 메아리치는 것 같았다. 나는 우리가 얼마나 시끄럽게 굴었을지 궁금해졌다.

클로에가 약간 비틀거리면서 일어나 옷매무새를 가다듬고는 아랫도리를 닦으려고 화장실 칸으로 걸어갔다.

"내가 이런 상태로 돌아다녀야 한다는 거 알아요?"

내가 씩 웃었다.

"잘 알지."

"일부러 그랬군요."

나는 의자에 등을 대고 누워 반짝거리는 샹들리에를 올려다보았다.

"적어도 나는 자기도 느끼게 해줬잖아."

나도 옷을 챙겨 입고 일어나 친구들을 찾으러 가야 한다는 사실을 잘 알고 있었다. 하지만 지금 당장은 자고 싶을 뿐이었다.

클로에가 다가와 나를 내려다보며 상체를 숙여 내 입술에 부드럽게 키스했다.

"이제 그만 가서 저녁 좀 먹어야죠. 아니면 자정까지도 술에서 깨지 못할 거예요."

나는 신음하며 클로에를 끌어당기려고 했지만 클로에는 손가락 하나를 내 갈비뼈 사이에 찔러 넣으며 도망쳤다.

"아야, 뭐가 이렇게 아파?"

"다들 당신이 어디 갔는지 궁금해하고 있을걸요."

"위궤양이 도져서 나 빼놓고 먼저 가라고 했어."

"그 말을 믿던가요?"

내가 어깨를 으쓱거렸다.

"글쎄, 잘 모르겠어."

"그럼 가서 얼토당토않는 당신의 그 병이 다 나았다고 친구들을 설득하세요. 난 세라를 만나러 갈 거예요."

"알겠어."

내가 일어나 바지를 끌어 올리며 말했다. 나는 거울 앞에 서서 상체를 숙인 채 머리카락을 매만지는 클로에의 모습을 바라보았다.

"세라는 어디 있어?"

"이 근처에 사는 친구를 만나고 있어요. 댄서라던가? 플래닛 할리우드에서 일하는 카바레 댄서인가, 스트립 댄서인가 하는 뭐 그런 친구가 있대요."

"그거 아주 흥미로운 이야기인데."

클로에가 눈썹을 치켜세우고 거울 속으로 나를 노려보며 말을 이었다.

"내가 미행당하는 감이 와서 세라에게 혼자 가라고 했죠."

"감이 왔다고?"

클로에가 립스틱을 바르며 어깨를 으쓱거렸다.

"뭐, 그러길 바라는 희망이었죠."

클로에는 화장품 뚜껑을 탁 닫아 지갑 속에 넣었다. 나는 클로에를 따라 화장실 문으로 다가가 한 손으로 그녀의 얼굴을 쓰다듬었다.

"사랑해."

"나도요."

클로에가 키스하고는 내 엉덩이를 찰싹 세게 때렸다. 그녀가 문 밖으로 사라진 뒤에도 한참 동안 그녀의 웃음소리가 들렸다.

맥스 스텔라

.

4

나는 자동차 뒤쪽 유리창으로 베넷이 확신에 차서 보도를 따라 성큼 성큼 걸어가는 모습을 지켜보았다. 베넷은 뒤 돌아보고는 우리가 자기 시야에서 사라졌다고 생각했는지 택시를 불러 세웠다.

빌어먹을. 절대 쉽사리 흥분하지 않기로 유명한 이 인간이 완전 엉망이 됐다. 심지어 베넷은 우리가 길모퉁이를 돌아 사라질 때까지 못 기다리고 위궤양을 앓는 척하는 얄팍한 수작을 집어치웠다.

나는 제자리로 돌아앉아 거리의 불빛과 관광객들이 흐릿하게 스쳐 지나가는 모습을 바라보며 다시 세라를 생각하기 시작했다. 세라는 나를 원하는 감정이 어찌나 강렬한지 속이 허하게 느껴진다고 했다. 젠장, 그 말을 떠올리기만 해도 나는 다시 무너져 내렸다. 세라는 이것

저것 해달라는 게 많은 여자가 아니다. 심지어 우리가 너무 바빠서 거의 만나지 못하는 주에도 조바심을 내는 쪽은 세라가 아니라 나였다. 언제나 세라는 우리에게 부족한 시간은 주말이나 수요일에 만나 만회할 수 있다고 말했다. 그런 세라가 오늘 나를 강하게 원한다는데 거부할 이유가 없었다. 하지만 그 말을 왜 했는지 후회하고 있다는 것을 그녀의 눈빛에서 감지할 수 있었다. 마치 내가 그녀의 말을 듣고 엉망이 됐다는 걸 알아차린 것 같았다.

기가 막히게도 때맞춰서 휴대전화가 진동하고 세라의 문자메시지가 날아왔다.

'난 괜찮아요. 당신 시간을 빼앗아서 미안해요.'

나는 미소 지으며 답장을 보냈다.

'맙소사, 그런 일이라면 언제든지 환영이야.'

'남자들끼리 즐거운 저녁 보내요.'

세라의 답장이 다시 날아왔다.

그때 펑 하는 시끄러운 소리가 들려서 헨리와 월을 쳐다보았다. 두 사람이 샴페인 한 병을 막 딴 상황이었다.

"베넷이 화장실에 가서 자위라도 해야 할 상태라고 생각하는 사람은 손들어."

월이 내게 샴페인 한 잔을 건네며 말했다. 레스토랑에 가서 진짜 술을 마시고 싶은 나는 손을 흔들어 거절했다.

"우린 방금 스트립 클럽을 나왔다고. 베넷에게 숨 쉴 틈을 좀 줘."

헨리가 동생을 보호하는 형 모드로 말했다.

나는 무표정한 얼굴을 유지하려고 애썼다. 윌과 헨리는 세라와 클로에가 여기 와 있다는 사실을 몰랐지만 기이하게도 진실에 근접하고 있었다.

"헨리 말이 맞아."

놀랍게도 내가 자신의 총각파티 첫날 밤에 우리를 내팽개치고 약혼녀를 쫓아간 베넷 편을 들고 있었다.

"베넷은 잠시 자기만의 시간이 필요한지도 몰라. 그 녀석은 자기 아랫도리에 휘둘리는 인간으로 악명 높잖아."

"하!"

윌이 혀를 찼다.

"넌 그렇지 않다는 소리로 들리는데."

윌의 말이 옳다는 사실은 중요하지 않았다. 나는 세라를 만난 이후로 그녀가 무엇을 하는지, 무엇을 입었는지 그리고 당연하게도, 어디서 그녀를 가질 수 있을지 하는 생각 외에는 사실상 아무것도 생각할 수가 없었다. 내 안의 또 다른 내가 윌의 말에 반박하고 싶은 충동을 억누르지 못했다.

"세라가 내 생각의 상당 부분을 차지한다는 건 나도 인정하지만…."

"알 만하군."

윌이 그럴 줄 알았다는 눈빛으로 나를 쳐다보며 끼어들었다.

"하지만 필요할 때는 완벽하게 냉정을 유지할 수 있다고."

윌은 조금도 당황하지 않은 채 콧노래를 부르고 술잔을 비우더니 호화스러운 가죽 의자에 몸을 파묻었다.

"그래, 너처럼 냉정한 사업가는 여자 때문에 책임이나… 우정을 모른 척하는 짓은 절대 꿈도 꾸지 않지."

뭔가 함정이 있다는 걸 감지하고 조심스럽게 고개를 끄덕였다.

"그래서 넌 중국에서 돌아온 나를 태우러 오는 걸 잊어버렸지. '비상사태'가 생겨서 말이야."

윌이 '비상사태'라는 말을 강조했다.

"물론 그 비상사태라는 게 공항 주차장에서 네 차 뒷좌석에서 세라와 뒹구는 일이었지만 말이야. 그게 바로 냉정을 유지하는 행동이지."

등 뒤에서 헨리의 박수 소리가 들렸다.

"한 방 아주 멋지게 날렸는데."

헨리가 말했다. 나는 윌의 이야기가 끝나려면 아직 멀었다는 사실을 알고 헨리에게 윙크했다.

"그리고 넌 이 지구상에서 가장 지긋지긋한 고객 세 사람을 나한테 떠넘기고 두 시간 동안 돌아오지 않았어. 제임스의 집 서재에서 세라와 그 짓을 하느라 말이야. 그것도 냉정을 유지한 행동이었지. 그래, 베넷도 교훈을 얻어서 자기 아랫도리 생각을 그만할 수도 있을 거야."

"아주 톡톡하게 앙갚음을 하는군."

내가 웃으면서 말했다.

"그냥 확실히 해두는 거지."

윌이 경계하듯이 샴페인 잔을 이마에 대고는 매력적인 미소를 지으며 말했다.

우리 차가 팔라초를 막 지나 신호등 앞에서 멈춰 섰다. 나는 저녁 식사를 무척 기대하고 있었지만 베넷보다 먼저 '약국'에 간다는 핑계를 찾아냈다면 얼마나 좋았을까 하는 생각을 했다.

"네가 일정을 좀 더 잘 짜놓으면 짬 날 때 그렇게 허겁지겁 섹스할 필요가 없어."

윌이 말했다.

"일정?"

헨리가 물었다.

나는 미소 지으며 상체를 앞으로 숙였다.

"섹스 일정을 말하는 거야. 여기 있는 우리의 윌은 치마만 걸쳤다고 아무하고나 사랑에 빠지거나 섹스를 즐기는 부류가 아냐. 하지만 데리고 다닐 여자가 없어서 고민하는 유형도 절대 아니지. 여자 '관계'를 아주 깔끔하게 정리해서 요일별로 돌아가면서 여자를 만나거든."

윌이 인상을 찌푸렸고, 헨리는 어리둥절한 표정으로 우리 둘을 번갈아 쳐다보며 물었다.

"잠깐만. 섹스 일정을 미리 짜둔다는 말이야?"

"그게 아냐."

윌이 나를 쏘아보며 대답했다.

"내가 만나는 여자들은 서로 알아. 내가 자기들과 있는 그 순간 이 외에 다른 데는 관심이 없다는 것도 알지. 그건 여자들도 마찬가지야. 그렇기 때문에 잘 맞는 거야."

윌이 양손을 들어 올리고 어깨를 으쓱거렸다.

"그래서 난 여자를 만날 시간을 내지 못해서 약국으로 뛰어가거나 회의 중간에 섹스를 할 일이 없어."

"그렇군…."

헨리와 내가 동시에 대답했다.

자동차가 갑자기 멈춰 서서 우리는 창밖을 내다보았다.

"마침내 도착한 것 같은데. 맙소사, 왜 이렇게 오래 걸린 거야?"

윌이 말했다. 문이 열렸고, 우리는 내려서 주변을 둘러보았다. 아수 라장이나 다름없었다. 자동차들이 갓돌 위에 줄지어 서 있었고, 그중 대부분은 아직도 시동이 켜진 채 문이 열려 있었다. 당혹스러운 표정 의 안내원 몇몇이 옹기종기 모여 있었는데 뭘 어떻게 해야 할지 모르 는 게 분명했다.

"저기 소화전이 터진 것 같네요."

운전사가 자기 어깨 너머를 가리키며 말했다.

"손님들을 내려줄 수는 있지만 다시 모시러 오려면 적어도 한 시간은 걸리겠는데요."

나는 한숨을 쉬며 시계를 내려다보았다.

"괜찮습니다. 우리는 저녁을 먹을 건데 아무래도 시간이 좀 걸릴 것 같거든요."

나는 절친한 친구들과 밤을 보내고 싶은 마음과 세라가 잘 있는지 확인하고 싶은 마음 사이에서 갈팡질팡했다. 세라와 헤어진 지 한 시간밖에 안 됐는데도 점점 더 불안해지고 신경이 날카로워졌다.

운전사가 고개를 끄덕였다. 우리는 운전사를 갓돌 위에 남겨둔 채 카지노 안으로 깊숙이 들어가 레스토랑을 가리키는 표지판들을 따라갔다. 근처에 클럽이 있었고, 산뜻한 레스토랑을 가로질러 각자 자리에 앉는 동안 쾅쾅 울리는 음악 소리를 벽과 바닥을 통해 느낄 수 있었다. 고동치는 음악 소리는 긴장이 쌓여가는 내 몸 상태를 말해주는 것 같았고, 리드미컬한 멜로디는 세라, 세라, 세라라고 윙윙거리는 내 마음의 소리 같았다.

나는 휴대전화를 백 번째 확인하고 인상을 찌푸렸다. 세라의 문자메시지가 더 이상 오지 않았기 때문이다. 세라는 어디 있는 걸까? 베넷이 클로에를 찾아냈을까? 그렇다면 왜 세라가 아직 문자메시지를 보내지 않는 거지?

나는 휴대전화에 저장된 최근 사진 몇 장을 엄지손가락으로 넘겨 보

았다. 우리 두 사람이 내 침대에 웅크려 누워 있는 사진, 세라가 환상
적이고 열정적인 섹스를 하고 나서 만족감에 젖어 내 아래에 대자로
누워 있는 사진, 세라의 맨가슴을 확대해서 찍은 사진, 늦은 밤 내 사
무실에서 세라 뒤에서 삽입하면서 그녀 엉덩이에 내 손을 얹은 사진
이 있었다.

내 성기를 감싼 세라의 붉디붉은 입술 사진을 보고 있는데 월의 목
소리가 흐릿하게 들렸다. 그제야 내가 대화의 흐름을 놓쳤다는 사실
을 깨달았다.

"맥스."

월이 손마디로 탁자를 탁탁 두드렸다.

나는 고개를 들다가 탁자 앞에 서 있는 종업원을 발견하고 깜짝 놀
라 재빨리 휴대전화 화면을 껐다.

"마실 걸 갖다드릴까요?"

"미안해요."

내가 웅얼거렸다.

"맥캘란으로 줘요. 아무것도 넣지 말고."

"12년산, 18년산, 21년산 중 무엇으로 드릴까요?"

내가 놀라서 눈을 크게 떴다.

"21년산이 근사하겠군요."

종업원이 내 주문을 받아 적고 떠난 뒤에 나는 다시 휴대전화 사진

을 보려고 했지만 월이 또 끼어들었다.

"같이 보든가, 아니면 그거 치워. 네가 뭘 보고 있는지 잘 안다고, 이 변태 같은 놈아. 여자 생각은 하지 않기로 한 거 잊었어?"

헨리가 탁자 건너편에서 빵 한 조각을 내게 던지며 고개를 끄덕였다.

"우리 남자들끼리만 지내는 거야."

헨리가 맞장구를 쳤다.

월이 몸을 앞으로 숙이며 내게 상기시켰다.

"날 개밥에 도토리 취급을 하지 않겠다고 애초에 네가 약속했기 때문에 내가 여기 온 거야."

월의 말이 옳았기 때문에 나는 한숨을 쉬고 휴대전화를 집어넣었다. 그리고 고개를 들다가 레스토랑으로 들어오는 베넷을 발견하고는 눈이 휘둥그레졌다.

"이야, 저기 누가 오는지 봐."

내가 말했다. 헨리가 동생을 위해 의자 하나를 빼주었다.

"좀 나아졌어?"

베넷이 정장 재킷 단추를 풀고 자리에 앉았다.

"훨씬 좋아졌어."

베넷이 씩 웃으며 말했다. 제기랄, 베넷 라이언이 싱긋 웃고 있다.

주문한 술이 나와서 나는 내 술을 들고 술잔 가장자리 너머로 베넷을 살펴보았다.

"오래 걸리지 않았네, 그렇지?"

나를 보자마자 어두워지는 베넷의 표정에 흡족해하며 물었다.

"빠르면 더 좋지. 약국처럼 말이야."

"효율성만큼 남자를 행복하게 해주는 건 없지."

베넷이 흡족한 미소를 지으며 맞장구를 쳤다.

"그래, 넌 남자 중의 남자지."

나는 베넷에게 건배를 청하려고 술잔을 들고 웃으며 말했다.

"도처에 널린 효율적인 약국을 위하여 건배."

"왜 나는 너희들이 대체 무슨 이야기를 하는지 잘 모르겠다는 느낌이 들지?"

월이 멍하니 우리를 번갈아 쳐다보면서 물었다. 월의 두 눈이 가늘어졌다.

"내가 모르는 뭔가 있는 거야?"

내가 껄껄 웃음을 터뜨렸다.

"네가 무슨 소리를 하는지 모르겠는데. 우린 그냥 농담하고 있어."

헨리가 메뉴판을 살펴보기 시작했지만 월은 아직도 뭐가 의심스러운지 우리를 빤히 쳐다보았다. 고기 불판이 놓인 카트가 굴러 오는 걸 보고 헨리가 부르자 그제야 헨리에게 시선을 돌렸다.

두 사람의 관심이 완전히 다른 데로 쏠렸다 싶었을 때 나는 베넷을 향해 상체를 기울였다.

"세라는 어디 있어?"

"알고 싶어?"

나는 인상을 찌푸리면서 눈을 가늘게 뜨고 베넷을 노려보았다.

"이 개자식."

"워워, 네가 먼저 시작한 일이야."

베넷이 술잔으로 손을 뻗으며 말했다.

나는 베넷의 손을 탁 쳐냈다.

"내가? 그게 무슨 소리야?"

"잘 알잖아. 클로에가 여기 있는 거 알지? 그 랩 댄스 사건을 네가 계획한 게 아니라고 우길 생각은 하지도 마."

"널 위해서 그런 거야."

"날 위해서라고?"

베넷이 히죽거렸다.

"그래, 그랬겠지. 내가 클로에에게 정신이 팔려 있으면 너도 그 클럽에서 세라와 함께 있을 수 있었을 테니까."

베넷이 핵심을 짚었는지도 모르겠다.

"만약 세라가 스트립 클럽에서 사십오 분 동안 네 애간장을 태우다 떠났다면 너도 그 즉시 세라를 찾아내서… 문제를 바로잡았을걸. 설령 네가 남자들끼리 시간을 보낼 계획이었다 해도 말이야."

내가 다시 껄껄 웃음을 터뜨렸다.

"그건 그렇지."

나는 베넷에게 더 가까이 몸을 숙여 목소리를 낮추었다. 여기서 빠져나가 한 번 더 세라와 시간을 보낼 수 있다는 달콤한 생각을 뿌리칠 수가 없었다.

"여기서 저녁 먹는 데 적어도 두 시간은 걸릴 거야. 이십 분 안에 돌아올게."

베넷이 다시 술잔으로 손을 뻗었지만 이번에는 막지 않고 그냥 두었다.

"세라는 친구를 만나고 있대."

베넷이 속삭였다.

"뭐? 누구를 만나고 있다고? 치… 친구?"

내가 더듬거리며 말했다.

"오호라, 그게 마음에 걸리나 보지? 기분이 찜찜해? 너한테 말해줘야 할지 잘 모르겠네."

베넷이 나를 유심히 살폈다.

"오늘 밤은 처음부터 나보다는 너한테 더 좋게 풀리고 있단 말이지. 넌 네 바지 속 물건이 아니라 내 총각파티에 신경 써야 하잖아."

"그렇다면 말이야. 학교 휴일에 헨리가 학교에서 일하고 있었을 때 넌 헨리 침대에서 두 여자와 뒹굴었다고 헨리한테 말해야겠군."

내가 협박조로 말했다. 그러자 베넷이 정신을 번쩍 차렸다.

"플래닛 할리우드에서 춤추는 친구가 있다는군. 세라가 공연 중간에 사운드체크인가 뭔가를 해주러 거기 갔다고 클로에가 말했어."

세라가 어두운 무대에 혼자 있다고? 그게 내가 알고 싶은 전부였다. 나는 의자를 밀치고 일어섰다. 윌과 헨리가 메뉴판에서 고개를 들어 나를 쳐다보았다.

"어디 가는 거야? 1킬로그램짜리 채끝살 스테이크가 있어!"

헨리가 말했다.

"화장실."

내가 배를 쓸면서 말했다.

"그게… 속이 좀 안 좋아서."

"너도?"

윌이 물었다. 나는 고개를 끄덕이고는 잠시 머뭇거리다가 말했다.

"곧 돌아올게."

그러고는 전력 질주해서 레스토랑을 빠져나왔다. 뜨겁게 끓는 피가 다리로 몰렸고, 세라와 함께 있고 싶은 고삐 풀린 욕구가 내 피부 아래에서 쉼 없이 부글부글 끓었다.

보도 끝으로 달려가자 건물 하수구에서 올라오는 냄새가 확 밀려들었다. 나는 걸어가면서 휴대전화로 플래닛 할리우드로 가는 길을 찾아보았다. 젠장, 이럴 수는 없었다. 플래닛 할리우드는 몇 블록이나 떨어진 곳에 있었고, 이곳에서부터 내가 세라를 찾을 수 있는 곳까지, 이 시간대 밤거리는 천천히 걸어 다니면서 눈에 띄는 모든 것을 가리키며 구경하는 관광객들로 가득했다.

라스베이거스대로의 교통 체증은 상당히 많이 풀렸지만 대리주차 구역은 여전히 엉망진창이었다. 아까 본 차들 몇 대가 여전히 갓돌에 주차되어 있었고, 택시는 한 대도 보이지 않았다. 젠장, 어떻게 가지? 내 옆에 주차된 차를 내려다보았다. 문이 열려 있었고, 에펠탑 장식이 달린 열쇠 꾸러미가 차 안에 꽂혀 있었다. 열쇠들이 내 관심을 끌려는 것처럼 짤랑짤랑 흔들거렸다.

내 평생 자동차를 훔치지 않고 살았는데 어떻게 하면 앞으로도 그런 삶을 이어갈 수 있을지 결정하는 데 딱 오 분이 걸렸다.

빌리는 거야. 훔치는 게 아니라 빌리는 거였다.

나는 주변을 재빨리 훑어보고 열린 자동차 문으로 미끄러져 들어가 자동차 열쇠를 돌렸다. 조수석에 검은색 모자가 놓여 있었다. 나는 그 모자를 집어 들어 뒤집어서 머리에 썼다. 그래, 로마에 가면 로마법을 따르는 거야.

훔친 차를 몰고 도로로 달려 나가면서도 내가 대체 무슨 짓을 하는 건지 알 수 없었다. 하지만 이 시점에서는 달리 잘못될 일이 없다고 판단했다.

        * * *

훔친, 아닌 빌린 리무진을 운전하는 일은 예상대로 어려웠다. 불편하기 짝이 없었고, 운전하기도 개떡같이 힘들었다. 게다가 도로에서 눈에 잘 띄지 않는 차도 아니었다. 하지만 교통 체증이 거의 다 풀려서 머지않아 네온사인이 번쩍이는 카지노에 도착했다.

나는 행운을 빌면서 지하 주차장으로 들어가 제일 먼저 눈에 띄는 대리주차 요원에게 모자와 열쇠 꾸러미를 던져주었다. 라스베이거스에서 총각파티를 즐기는 동안 모르는 사람의 차를 빌려 몰다니… 죽기 전에 꼭 하고 싶은 일 목록에서 하나를 제해야겠다.

카지노 안으로 들어가자 에스컬레이터들이 눈앞에 펼쳐졌다. 나는 가만히 서서 숨 고를 기회를 포기하고 한 번에 두 계단씩 달려 올라갔다. 천장에 보랏빛 네온등들이 설치되어 있었고, 반짝거리는 커다란 샹들리에에도 달려 있었다. 나는 표지판들을 따라 카지노 반대쪽 끝까지 가서 핍쇼 무대 앞에 멈춰 섰다.

매표소의 나이 지긋한 여자가 안으로 들어가려는 내 앞을 막아서면서 공연 전에는 연기자들과 관계 직원들만 들어갈 수 있다고 했다.

나는 잠시 매표소 여직원을 훑어보았다. 금발 머리에 머리카락 뿌리가 희끗희끗하고, 짙게 화장한 얼굴에 반짝거리는 빨간색 상의를 걸치고 있었다. 나는 '마릴린'이라는 이름표를 단 여직원이 여기 쇼걸들을 쫓아다니는 얼빠진 남자들을 만나봤을 것이라고 판단했다.

"여기서 공연하는 여자가 오늘 밤에 전화해서 내 아이를 임신했다고 했어요. 그러고는 오늘 여기 있을 거라고 하더군요."

마릴린의 눈이 대략 저녁 식사 접시만큼 커졌다.

"목록에는 당신 이름이 없는데요."

"아시겠지만 개인적인 일이라서요."

여자가 마음이 흔들리는지 고개를 끄덕였다. 나는 흔들리는 마음에 쐐기를 박기로 마음먹었다.

"여자가 괜찮은지 보러 온 겁니다."

잠시 동안 거짓말에 죄책감을 느꼈지만 어두운 무대에 혼자 있는 세라를 떠올렸다.

"여자에게 돈이 필요한지 알아봐야 해요."

나는 어두운 관객석으로 들어서자마자 주위를 돌아보았다. 머리 위쪽의 무대 불빛들이 모든 것을 보랏빛으로 물들였다. 호화로운 양탄자와 좌석들, 심지어는 무대 위에서 움직이는 몇 안 되는 사람들도 보랏빛이었다. 사방이 조용했는데 공연 연습 중간의 쉬는 시간이라 그런 것이 분명했다. 그때 흐릿한 불빛 사이로 2층에 있는 세라를 찾아낼 수 있었다. 나는 천천히 세라를 향해 걸어가면서 아무것도 모른 채 앉아 있는 그녀를 느긋하게 지켜보았다. 세라는 누군가를 쳐다보면서 미소 짓고 있었다. 지금 여기 보랏빛 불빛에 물든 채 앉아 있는 세라가 여전히 내 숨을 앗아갔다. 나는 그녀에 관한 모든 것을 기억하고 싶었다. 세라의 빛나는 머릿결, 부드러운 피부까지 모두 다. 지금과 같은 모습의 그녀 초상을 갖고 싶었다.

리허설이 시작되면서 음악 소리가 커졌고 불빛이 더 어두워졌다. 나는 마지막 열의 좌석들을 지나쳐서 세라 옆에 앉았다. 내 얼굴 바로 앞에 있는 내 손도 잘 보이지 않을 정도로 어두웠다. 하지만 세라는 내가 내내 자기 옆에 있었던 것처럼, 아니 어쩌면 내가 찾아오기를 기대한 것처럼 별다른 반응을 보이지 않았다. 나를 슬쩍 쳐다보고 가볍게 미소 짓더니 내가 크리스마스 선물로 사준 작은 금 펜던트를 섬세한 손가락 끝으로 천천히 꼬기만 했다. 나는 그녀의 허벅지에 한 손을 올려놓고 손바닥에 닿는 따뜻하고 부드러운 피부의 감촉을 만끽하면서 말없이 몸짓으로 무대를 가리켰다.

한 남자가 초읽기를 하는 동안 보석을 얼기설기 엮어 만든 의상을 걸친 여자들이 발꿈치를 든 채 균형을 잡고 빙빙 돌았다. 그들을 보기만 해도 머리가 어지러웠다. 여자들이 서로의 주변을 빙빙 돌다가 마침내 한 곳에 집중된 불빛 아래 멈춰 서 서로에게 키스했다.

나는 세라의 허벅지를 꽉 움켜쥐고 엄지손가락으로 그녀의 치맛단을 들쳤다. 그러자 세라가 헉하고 가볍게 숨을 들이마시는 소리가 들렸다. 무대 너머의 어둠 속에는 우리 둘밖에 없었다. 나는 노출을 즐기는 세라가 다른 사람을 구경하는 것도 좋아할지 궁금했다.

한 손으로 그녀의 허벅지를 더듬어 올라가면서 몸을 숙여 귀에 키스했다. 그녀의 머리카락을 옆으로 치우고 혀로 목의 곡선을 핥아 내려가자 세라가 머리를 한쪽으로 기울이며 한숨을 내쉬었다.

세라는 몸을 살짝 뒤로 빼서 내 눈을 바라보고는 말없이 무대 위의 공연자들을 향해 빠르게 눈을 깜빡거렸다. '여기에서요? 저 사람들이 무대에서 춤추며 서로를 애무하고 있는 여기에서?'라고 묻는 것 같았다.

여자 한 명이 금색 봉 주위를 빙글빙글 돌았다. 곡예를 하는 것처럼 움직이는 우아한 팔다리와 배경음악에 맞추어 흐느적거리는 몸짓이 조명 아래에서 적나라하게 드러났다.

지독하게 관능적인 모습이었다. 눈앞에서 펼쳐지는 쇼와 그 쇼를 바라보는 세라의 반응에 내 아랫도리가 점점 더 단단해졌다.

나는 미소 지으며 자세를 바꿔서 세라의 뺨에 대고 속삭였다.

"무슨 생각을 하고 있어?"

"그걸 물어봐야 아나요?"

"당신 입으로 듣고 싶은지도 모르지."

세라가 침을 꿀꺽 삼켰다.

"할 거예요?"

세라의 목소리에서 욕정이 느껴졌다. 좀 전에 블랙하트에서 느낀 굶주린 갈망이 세라의 목소리에 담겨 있었다.

"전부 다는 못하겠지."

나는 손가락을 점점 더 위로 올려 팬티 레이스 옆으로 밀어 넣고는 음부의 부드러운 주름을 쓸었다.

"아직도 내 정액으로 젖어 있어?"

세라가 침을 꿀꺽 삼키고 혀로 자기 입술을 핥았다.

"네."

나는 손가락을 더 깊숙이 집어넣었다.

"좀 전에 나랑 한 게 느껴져? 아직도 날 느낄 수 있어?"

내가 손가락을 더 깊숙이 밀어 넣자 세라가 아주 작게 소리 내며 숨을 들이마셨다. 동그랗게 오므라드는 부드러운 입술이 어둑한 불빛을 받아 반짝거렸다.

"누가 우리를 볼지도 몰라요."

세라가 말하면서 좌석에 머리를 기대고 눈을 감았다. 손가락 하나를 더해 두 개를 동시에 그녀 안으로 밀어 넣자 세라가 할 말을 찾아내려고 애썼다. 내 손길에 즉각 반응하며 숨을 몰아쉬고 넋을 잃기 시작하는 세라의 모습에 나는 미소를 지었다.

"바로 여기야, 그렇지? 느껴져?"

"카메라가…."

나는 위를 힐끗 올려다보고 어깨를 으쓱거렸다.

"어떻게 할 거야? 누군가 당신의 이런 모습을 본다면 말이야. 그럼 더 기분이 좋아질까? 계단을 내려오는 누군가의 발자국 소리를 듣자마자 내 손을 꽉 조인 채 절정을 느낄까?"

세라가 조용히 신음했다. 나는 내가 어루만지고 있는 세라의 다리 사이에서 시선을 뗄 수가 없었다. 세라가 두 다리를 점점 더 넓게 벌리고 몸을 활처럼 휘는 모습을 탐욕스럽게 지켜보았다. 나는 세라가 유연하게 힘없이 늘어질 때가 좋았다. 그녀의 몸을 내가 원하는 대로 조종하고 가질 수 있으니까. 하지만 자신을 망각한 채 필사적으로 꿈틀대는 이런 모습도 좋다.

나는 바지 속 내 물건을 꽉 움켜쥐며 신음했다. 맙소사, 언제나 이럴까? 언제나 이렇게 정신이 혼미하고 완전히 멍청이가 될 정도로 세라를 원하게 될까?

세라를 무릎에 앉혀놓고 그녀 안으로 돌진해 들어가고 싶었다. 세라가 비명을 지르고 내 이름을 되뇌는 소리를 듣고 싶었다. 높은 천장에 부딪혀 돌아와 음악 소리보다 더 크게 울려 퍼지는 세라의 신음 소리를 듣고 싶었다. 그 소리가 우리를 감싸 돌다가 내게 부딪혀 튕겨 나가면 무대에서 춤추는 사람들이 세라가 내 것임을 알게 될 테니까.

물론 그렇게 할 수는 없었다. 세라의 입술에서 작은 신음 소리가 새어 나왔다. 나는 몸을 숙여 세라의 살갗에 입술을 대고 "쉬" 하고 부드럽게 속삭였다. 세라의 눈은 윗옷을 벗은 여자가 춤추는 무대에 고정되어 있었고, 나는 칠흑처럼 깜깜한 곳에서 세라의 옆얼굴을 더듬어 찾으려고 애썼다. 천이 바스락거리는 소리에 내려다보니, 세라가 살짝 벌어진 셔츠 안으로 손을 넣어 젖꼭지를 잡아당기며 자기 가슴을 주무르고 있었다. 세라는 우리를 지켜보는 사람이 있을지도 모르는 곳에서 다른 사람들의 행위를 감상하며 내 손길을 즐기고 있었다. 나는 흥분해서 바지에 쌀 것만 같았다.

심장이 갈비뼈 밖으로 튀어나올 듯 쿵쾅거렸다. 나는 세라가 점점 더 절정에 가까워지는 모습을 눈으로, 귀로 감상하면서 내 아랫도리를 꽉 움켜쥐었다. 무대 불빛으로 세라의 이마에 맺힌 땀방울이 반짝였다. 엄지손가락으로 클리토리스를 문지르자, 세라가 내 손가락들을 꽉 조이기 시작했다. 그녀의 엉덩이가 리드미컬하게 흔들리면서 신음 소리가 점점 길어졌다.

절정이 내 등줄기를 타고 온몸으로 퍼져 나갔다.

"세라."

내가 외치자 그녀가 몸을 숙여 거칠게 키스하며 내 입을 막았다. 이 순간을 촬영할 수 있게 휴대전화를 꺼내놓거나 카메라를 설치했더라면 얼마나 좋았을까? 세라가 내 입술을 잘근잘근 깨물고, 그녀의 혀가 날름거리며 나를 맛보려는 것으로 보일 게 분명한 이 순간을 말이다.

세라의 숨이 가빠지고 전신이 긴장되면서 오르가슴이 그녀의 온몸을 뜨겁고 거칠게 훑고 지나갔다. 세라의 신음 소리가 쿵쾅대는 음악 소리에 묻혔다. 세라가 손을 뻗어 내 바지 지퍼를 만지작거렸다. 나도 곧 느낄 것 같았다.

"젠장, 그래, 그거야."

온몸이 녹는 것만 같았다. 나는 머리를 뒤로 젖힌 채 그 느낌에 온몸을 맡겼다.

"젠장, 세라. 더 세게, 더 빨리 해줘."

세 차례 거칠게 쓰다듬는 세라의 손길에 나는 등줄기를 따라 퍼져나가는 쾌감을 느꼈다. 감은 두 눈 너머로 반짝거리는 불빛을 느끼며 세라의 손에서 절정에 다다랐다.

갑자기 귀가 멍멍할 정도로 음악이 시끄럽게 느껴져 눈을 떴다. 열기가 내 아랫도리에서 마침내 전신으로 퍼져 나갔다. 몇 번 눈을 깜빡거리자 세라의 환한 미소가 보였다. 세라가 나를 얼마나 완전하게 소유했는지를 증명할 때 짓는 즐거운 표정이었다.

"이제 버킷 리스트 목록 중 하나는 지울 수 있겠어."

나는 여전히 무대에서 서성거리는 사람들을 바라보며 말했다. 세라가 몸을 숙여 지갑 속을 뒤지더니 휴지 한 장을 꺼내 내 바지를 툭툭 두드리고 자기 손을 닦았다.

"옛날로 돌아간 것 같은데. 당신이 끝났다고 말하면 난 지퍼를 올리고 떠나는 거지."

세라가 웃었다.

"어떻게 친구들한테서 빠져나왔어요?"

"화장실에 간다고 말하고 나왔지."

세라의 눈썹이 치켜 올라가 머리카락 아래로 사라졌다. 그녀는 몸을 젖히며 웃음을 터트렸다.

"그런데 지금 나랑 이러고 있었단 말이에요?"

나는 고개를 끄덕였다.

"다들 내가 진짜로 어디에 있는지 알아내려고 할지도 모르지. 상관 없어."

나는 옷매무새를 가다듬고 좌석 너머로 몸을 기울여 양손으로 세라 의 얼굴을 감싸 쥐고 그녀의 코를 쓰다듬었다.

"이제 가봐야 해."

"네, 그래야죠."

"사랑해, 세라."

"나도 사랑해요, 이방인 씨."

단단한 남자

베넷 라이언

·

5

지금 내 모습이 얼간이처럼 보일 게 분명했다. 윌과 헨리는 계속 술을 홀짝이면서 메뉴판을 정독하고 있었다. 내가 자기들 맞은편에 앉아서 더없이 멍청하게 이를 드러내고 낄낄거리며 웃기 직전이라는 사실을 전혀 눈치채지 못했다.

맥스가 갑작스럽게 자리를 비웠지만 나는 클로에를 따라가 화장실에서 그녀의 엉덩이를 때리고 뒤에서 삽입해 들어간 즐거움에 아직도 취해서 정신을 차리지 못했다. 그리고 그 여자가 내 아내가 될 참이었다.

내가 얼마나 운이 좋은지 모르겠다.

"신사 여러분, 식사 주문하시겠습니까?"

종업원이 탁자에 수북이 쌓인 빈 잔들을 집어 쟁반에 쌓아 올리며 물었다. 윌과 헨리가 십 분 만에 처음으로 고개를 들고는 눈을 깜빡이며 탁자 주위를 둘러보았다.

"맥스가 아직 안 왔어?"

윌이 깜짝 놀라서 물었다.

나는 그 시선을 피하려고 냅킨을 다시 접으며 고개를 가로저었다.

"그런 것 같은데."

"맥스를 기다려야 해? 아니면… 기다리는 동안 난 카지노 테이블에서 몇 분 정도 시간을 때우다 올 수도 있는데."

헨리가 말했다.

나는 시계를 흘낏 내려다보고 한숨을 쉬었다. 화장실에 갔다 오겠다는 맥스의 말은 시간이 지날수록 신빙성이 떨어지고 있었다. 맥스의 거짓말이 들통날까 봐 특별히 신경 쓰는 것은 아니었다. 사실 그렇게 되면 오늘 밤이 더 즐거워질지도 모른다. 하지만 맥스의 행적이 들통나면 나도 마찬가지 신세가 된다. 남은 주말 내내 남자들끼리 지내기로 했는데 우리가 밸런타인데이에 애인과 몰래 놀아났다는 걸 윌이 알면 불같이 화를 낼 것이다.

게다가 사실, 우리 중에서 독신 남자는 윌뿐이고, 남자들끼리 보내는 시간에 가장 충실한 사람도 윌이다. 도박보다 여자에 더 관

심을 기울이는 우리 무리 중에서 최근 섹스를 하지 않은 사람은
윌뿐이라서 죄책감이 좀 느껴졌다.

"곧 돌아오겠지. 속이 많이 안 좋은가 봐."

내가 말했다.

"너희 둘 대체 뭘 먹은 거야?"

헨리의 물음에 뭐라고 대답해야 좋을지 궁리하다가 종업원의
한숨 소리를 듣고서야 그가 아직도 서서 기다리고 있다는 걸 알
았다.

"시간을 좀 더 드리죠."

종업원이 말하고 물러갔다.

윌이 눈을 가늘게 떴다.

"그래, 뭔가 있어."

그는 약간 흐릿하게 말을 끝냈다.

"이렇게 오랫동안 설사를 하고도 살아남을 사람은 없지."

"아주 심도 깊은 분석을 해줘서 고마워."

내가 냅킨을 접시에 올려놓고 일어서며 말했다.

"얼마나 더 걸릴지 알아보고 올게. 먼저 주문해놔. 난 필레로 주
문해줘. 완전 덜 익혀서."

나는 바깥으로 나가려고 막 걷다 말고 돌아보며 말했다.

"아참, 술을 좀 더 마셔."

그러고는 미소 지으며 덧붙였다.

"술값은 내가 낼게."

밤이 깊어가면서 레스토랑 분위기가 달라졌다. 천장과 룸 주변의 불빛들이 부드러운 하얀색에서 따뜻한 금색으로 바뀌며 모든 것을 화려한 빛깔로 씻어 냈다. 음악 소리가 더 커졌지만 이야기하거나 개인적인 대화를 나누지 못할 정도는 아니었다. 하지만 가슴 깊숙한 곳에 닿을 만큼은 커서 제2의 심장박동처럼 느껴졌다. 이제는 분위기가 레스토랑이라기보다 나이트클럽에 더 가까워 들키지 않고 나가기가 훨씬 쉬웠다. 나는 밖에 나가 맥스에게 문자를 보낼 생각이었다.

'대체 어디 있는 거야?'

이 상황에서 빠져나갈 수 있을까 하는 생각을 하며 레스토랑 바깥의 매끄러운 나무 바닥을 왔다 갔다 했다. 그때 휴대전화가 진동하면서 맥스의 답장이 날아왔다. 내가 문자를 보낸 지 일 분도 채 되지 않은 때였다.

'주차 중이야. 이 분만 기다려.'

나는 이야기 좀 하자고 답장을 보냈다.

'대리주차 구역 근처에서 만나.'

카지노는 사람들로 북적거렸다. 한 테이블에서 사람들의 웃음 소리와 환호 소리가 흘러나왔고, 경찰관 두 명이 카지노 입구 근처에 서서 대리주차 요원들과 이야기를 나누고 있었다.

맥스가 문 밖으로 나와 바로 내 앞에 멈춰 서서는 재킷 단추를 다시 채우고 넥타이를 바로잡았다.

"항상 성급하게 군다니까."

맥스가 경찰관을 두 번이나 힐끗 보더니 내 팔을 움켜쥐었다.

"저기로 가는 게 좋겠는데…."

그는 경찰의 시선이 닿지 않는 곳으로 나를 끌고 갔다.

"이거 참 재미있는데. 이제는 경찰을 피해 다니는 거야? 맙소사, 대체 무슨 일이야? 내가 무슨 공범이 된 것 같은데."

내가 한 손으로 머리카락을 쓸면서 말했다.

"모르면 모를수록 좋아. 내 말 믿으라고."

"그건 그렇고, 화장실에 간다고? 지금 장난해? 그게 최선이었어?"

"네 핑계가 더 나았다는 소리처럼 들리는데? 위궤양이라고? 너도 감을 잃었어, 친구. 대학 시절에 내가 알던 벤이라면 아주 수치스러워할걸. 넌 사랑에 눈이 멀어 물러졌어."

나는 한숨을 쉬면서 뒤를 흘낏 돌아보았다.

"넌 한 시간이나 나갔다 왔어. 대체 왜 이렇게 오래 걸린 거야?"

맥스가 짓궂은 미소를 지었다. 맥스는 무척이나 행복해 보였다. 젠장, 이 세상 어떤 일에도 관심 없는 것처럼 완전히 행복에 취해

해롱거렸다. 나도 잘 아는 표정이었다. 내가 그런 표정을 지은 순간이 십 분도 채 안 지났으니까.

"한 숙녀분이 교성을 지르며 오르가슴을 느끼게 해드리느라 늦었지."

"알았어, 알았다고. 더 이상은 알고 싶지 않아."

"네가 이야기하자고 했잖아."

맥스가 목을 쭉 뻗자 목에서 두두둑 소리가 났다.

"그건 그렇고, 다른 사람들은 뭐하고 있어?"

"몸속의 피를 보드카로 바꾸면서 숙성한 고기가 얼마나 환상적인지에 대해 이야기하고 있지."

"그럼 저녁 먹으러 갈까?"

맥스가 날 밀치고 가려 했지만 내가 맥스의 팔을 잡아 세웠다.

"잠깐만 내 말 좀 들어봐. 넌 내가 뭘 하고 왔는지 알고, 나도 네가 뭘 하고 왔는지 알아. 우리 서로 헛소리는 그만하자고. 뉴욕에 돌아가면 난 일 분 내에 클로에를 가질 수 있지. 하지만 두 사람이 이곳에 머무는 시간은 오늘 밤뿐이야. 그러니까 서로 돕자고."

맥스의 표정이 차분하게 가라앉는 것 같았다. 곧이어 맥스가 고개를 끄덕였다.

"밸런타인데이에 여자 꽁무니를 쫓아다니는 얼간이 짓을 하고도 좋다고 실실거리는 인간은 나뿐인 거 같군."

"나도 한두 번 그런 생각을 했지."

내가 고개를 절레절레 흔들며 말했다. 두 여자가 우리 혼을 빼놓고 있었다.

"계획이 필요해. 우리 두 친구가 고기에 정신 팔리게 만드는 건 문제없어. 하지만 그 작전이 밤새도록 통하지는 않을 거야. 게다가 윌은 이미 뭔가 의심쩍다고 생각한다고."

"그래, 네 말이 맞아. 윌이 얼마나 알고 있는 것 같아?"

맥스가 물었다.

"잘 모르겠어. 헨리 형은 지금껏 쉬지 않고 마시거나 주머니에 든 포커 칩을 들여다보고 있지. 하지만 윌은 너와 내가 끔찍한 소화불량으로 고생한다고 생각하는 것 같아."

맥스가 끙 하고 신음했다.

"세라를 다시 만나고 싶어. 솔직히 말하면 세라가 이곳에 있고, 세라는… 음, 그게, 세라가 뭘 하는지 다시 확인하고 싶어."

맥스가 고개를 들어 나를 바라보았고, 나는 알겠다는 뜻으로 고개를 끄덕였다.

"내가 총각파티를 즐기는 주말에도 여자를 만나지 않고는 못 배긴다는 걸 윌이 안다면 평생 그걸 걸고넘어질 거야. 너도 윌이 어떤지 잘 알잖아. 진짜 상대하기 싫은 녀석이지. 윌은 절대 이 일을 알아서는 안 돼."

맥스가 고개를 저으며 말했다.

"맞는 말이야. 헨리 형은 클로에가 내 밑에서 일할 때 내가 그녀와 잤다는 사실을 알고는 틈만 나면 그 일을 물고 늘어져. 헨리 형이 이번 일을 알게 되면 가족 모임 때마다 내가 요전번에 물건을 바지 속에 얌전히 두지 못했다고 떠들어델 거야. 젠장!"

"맞아."

"그럼 이제 어쩌지? 오늘 밤에 우리가 여자 친구를 다시 만나고 싶다면 어떻게 해야 할까?"

맥스가 접수처 앞에서 왔다 갔다 하다가 돌아서서 나를 마주 보았다.

"한 가지 떠오르는 게 있기는 한데."

"말해봐."

"내 생각에는…."

맥스는 땅바닥을 내려다보면서 머릿속으로 생각의 조각들을 맞추고 있었다.

"그게… 두 사람의 정신을 딴 데로 돌려놔야 하잖아. 그렇지? 그리고 윌이 이 밤을 멋지게 보낼 수 있게 해줘야 하고 말이야."

나는 고개를 끄덕였다.

"하지만 술 이상의 뭔가 있어야 해. 헨리와 윌 두 사람은 오늘 밤 내내 술을 마셨어. 그런데도 여전히 멀쩡한 것 같단 말이야. 두

단단한 남자

사람이 정신을 잃거나 하수구에 빠지는 사태는 원치 않아."

"물론이지."

맥스가 휴대전화를 꺼내 연락처를 훑어보았다. 나는 발을 바꿔 짝다리를 짚고 어깨 너머로 맥스를 흘끗거렸다. 금방이라도 헨리 가 나와서 내 멱살을 잡고 탁자로 끌고 갈 것만 같았다.

내가 맥스를 돌아봤을 때 맥스는 전화번호 하나를 막 찾아낸 참 이었다.

"누구한테 전화하는 거야?"

"조니 프렌치한테."

"근데 그 사람은 어떻게 알게 된 거야? 오랜 친구?"

맥스가 웃었다.

"그 사람을 친구라고 부를 수 있을지 잘 모르겠는데. 그가 친구 라고 부르는 사람이 있는지도 모르겠고. 하지만 나한테 신세를 좀 졌지. 보다시피 우리 상황에 도움이 될 수도 있는 사람을 조달해 주고 말이야."

"일이 이상하게 돌아가는 것 같아 걱정스러운데."

"믿음을 좀 가져, 친구. 윌은 만인의 남자이니까."

맥스가 미소 지으며 말했다.

"우리는 그냥… 윌을 도와주는 거야."

"윌을 도와준다고?"

맥스가 의미심장하게 어깨를 으쓱거렸다.

"월에게 매춘부를 붙여주겠다는 거야?"

내가 소리치다시피 말했다.

맥스가 손가락을 입에 대고 쉬잇 하더니 주위를 흘낏 둘러보았다.

"목소리가 좀 크지 않아? 네가 이렇게 얌전 빼는 사람인 줄 누가 생각이나 하겠어? 난 좀 놀랐는데."

맥스가 말했다.

"월이 매춘부와 자게 놔두겠다는 건 아냐. 월의 관심을 잠깐 딴데로 돌리려는 것뿐이지."

"하지만…."

맥스가 손가락 하나를 들어 조용히 하라고 하고는 휴대전화를 스피커폰으로 돌려놓았다. 통화 연결음이 몇 차례 들리더니 묵직하고 깊은 남자 목소리가 들렸다. 조니 프렌치였다.

"또 뭘 도와줄까, 맥스?"

조니가 말했다.

"오늘 저녁은 잘 보내고 있습니까?"

맥스가 물었다.

"아직까지는 좋아."

"자는 걸 깨운 건 아니겠죠?"

걸걸거리는 웃음소리가 흘러나왔다.

"웃기는 소리 하지 마. 내가 준비한 건 다 마음에 들었겠지?"

맥스가 미소 지었고, 나는 눈썹을 치켜세웠다. 그 순간, 클럽에서 맥스에게 무슨 일이 있었는지 나는 전혀 모른다는 생각이 떠올랐다. 맥스가 세라와 함께 있었다는 사실은 알고 있지만 자세한 내막이 슬슬 궁금해졌다. 아무래도⋯ 내 생각보다 훨씬 지저분한 일이 있었던 모양이다.

"환상적이었어요. 끝내줬지. 언제나 그랬듯이 말이죠. 귀하는 진짜 근사한 곳을 갖고 있어요."

"마음에 들었다니 기쁘군. 이제 본론으로 들어가지."

"부탁이 하나 있어요.."

"그럴 줄 알았어."

조니가 무미건조하게 말했다.

"우리가 지금 좀 곤란한 상황에 처해서 도움이 필요해요."

"듣고 있으니까 말해봐."

"우리 친구들 관심을 돌릴 만한 게 필요해요. 미끼랄까?"

"관심을 돌릴 만한 것 말이지."

"그거예요. 알다시피 세라가 여기 와 있지만 우리 친구들도 여기 있잖아요."

"아하⋯ 그 친구들을 떼어버리고 싶은 거로군."

"꼭 그런 건 아니고, 그냥 친구들이… 좀 즐겼으면 좋겠어요. 특히 한 친구가. 우리가 그 친구를 좋아하기는 하지만… 몇 시간 동안 붙들어줬으면 좋겠어요."

"그럼 자네는 밸런타인데이에 몰래 빠져나가서 여자 친구를 만날 수 있겠군."

맥스가 미소 지었다.

"뭐 그런 거죠."

한동안 아무 소리도 들리지 않았다. 맥스와 나는 의아한 눈빛으로 서로를 쳐다보았다.

"전화를 끊은 건가?"

내가 말했다.

맥스는 어깨를 으쓱거렸다.

"듣고 있어요?"

맥스가 물었다.

"응, 듣고 있어. 좋아, 문제없어. 그 친구의 관심을 확실하게 딴 데로 돌려주지."

* * *

"난 그 친구 못 믿겠어."

내가 레스토랑으로 돌아가면서 말했다.

"걱정 그만해. 조니는 약속을 지키는 사람이야. 내가 장담하지."

"조니는 너를 썩 마음에 들어하는 것 같지 않던데."

맥스가 손을 내저었다.

"조니가 내게 꽃을 바치고 사랑스럽다고 말할 일은 절대 없어. 그런 사람이 아니거든."

"우리가 개자식인 것처럼 이야기하던데."

"우린 개자식이야."

맥스가 정곡을 찔렀다.

"그럼 헨리 형은 어떡하지?"

내가 레스토랑 바깥 계단에 멈춰 서서 물었다.

"그가 문제가 될 거라고 생각해?"

"헨리 형 주머니에 천 달러를 넣어주면 화요일 아침까지 우리 앞에 나타나지 않을 거야."

"좋은 생각이야. 그럼 근사한 저녁을 먹으면서 조니가 누군가를 보내줄 때까지 기다리자고. 그리고 나서 우린 여자 친구를 찾으러 가는 거야. 일이 순조롭게 풀리면 내일 아침까지는 네 못난 면상을 볼 일이 없겠지. 그럼 내일부터 다시 이번 주말을 제대로 시작할 수 있어."

"그럼 다 해결됐군."

우리는 악수를 하고 새롭게 결의를 다지면서 레스토랑으로 들어갔다.

월과 헨리는 아직 그 자리에 그대로 있었지만 이번에는 산더미 같은 접시와 그릇에 둘러싸여 있었다. 스테이크와 생선, 베이컨샐러드, 김이 모락모락 나는 채소 요리, 내가 이제껏 본 것 중에서 가장 큰 것이 틀림없는 조개 요리가 있었다.

"이야."

맥스가 적어도 열 명분은 됨직한 요리들을 쳐다보고 감탄했다.

"그렇게 배가 고팠어?"

"너희들이 뭘 먹고 싶어 할지 몰라서."

헨리가 어깨를 으쓱거리며 말했다.

"게다가 벤이 돈을 내겠다고 해서….."

"속은 좀 괜찮아졌어?"

월이 의심스러운 눈빛으로 맥스를 쳐다보며 물었다.

"많이 좋아졌어, 고마워. 그건 그렇고 배고파 죽겠어."

우리는 각자 자리에 앉았고, 맥스가 손짓해서 종업원을 불렀다.

"맥캘란 한 잔 더 줘요."

맥스가 술을 주문했다.

"난 김렛 한 잔이오."

나는 맞은편에 앉은 월과 헨리를 가리키며 덧붙였다.

"저 친구들에게는 뭔지 몰라도 지금 마시고 있는 걸로 두 잔 갖다 줘요."

"그동안 무슨 이야기 했어?"

맥스가 앞접시에 감자 요리를 덜면서 물었다.

"너희 둘이 일부러 관심 없는 척하는 짓을 그만두고 사랑의 도피행을 떠나기로 결정했어? 저 아래에 예배당이 있어. 카지노에 말이야."

윌이 헛웃음을 날렸다.

"하! 사실은 누가 다음 타자가 될지 이야기하고 있었어. 내가 헨리한테 그럴 사람은 너뿐이라고 분명히 말했지."

"그거야 모르는 일이지. 너랑 네 요일 연인 중 한 명 사이에서 무슨 일이 일어날지 누가 알아."

윌이 웃었다.

"그러는 넌 어때? 세라와 결혼하는 거 아냐?"

헨리가 물었다.

맥스가 미소 지었지만 세라에 대해 이야기할 때마다 그러듯이 뭔가 감추는 듯한 미소였다.

"세라와는 아직 그런 이야기를 나누지 않았어. 그 이야기는 별로 하고 싶지 않아."

"하지만 넌 그 문제를 생각해봤을 거 아냐."

나도 모르게 이렇게 말했다. 맥스가 세라에게 빠진 것처럼 다른 누군가에게 깊이 빠진 맥스를 본 적이 없기 때문이었다. 나는 그 감정이 어떤 것인지 잘 알고 있다. 맥스는 결혼 문제를 적어도 생각은 해봤어야 했다.

"물론 해봤지."

맥스가 대답했다.

"하지만 우리는 함께 지낸 지 얼마 되지 않았다고. 아직 시간이 있어."

주문한 술이 도착했다. 맥스가 술잔을 들어 올려 건배를 청했다.

"베넷과 클로에를 위하여. 둘이 다투는 일이 별로 없기를. 설령 그렇지 않다 해도, 솔직히 다투는 게 정상이지만 말이야. 어쨌든 자주 다투더라도 끝내주는 섹스로 잘 풀어갈 수 있기를."

우리는 모든 술잔을 쨍그랑거리며 건배하고 술을 벌컥 들이마셨다. 레스토랑 내부가 커졌다 작아졌다 하는 것 같아서 나는 보드카를 내려놓고 물컵을 집어 들었다.

"저, 난 빨리 카지노 테이블로 가고 싶어."

헨리가 손바닥을 비비며 말했다.

"좀 전에 딜러 몇 명과 이야기를 나눠봤는데 일반 베팅만 있고 파이어 베팅이 없다는 소리에 좀 실망했어. 하지만 다 좋을 수는 없지 뭐."

"와우, 말하는 게 꼭… 카지노 도박을 연구라도 한 것 같네."

잠시 나는 형 걱정을 해야 하는 건지 고민스러웠다.

헨리는 어깨를 으쓱거리고 스테이크를 썰었다. 나는 헨리가 카드 카운팅 이야기나 스포터가 필요하다는 이야기를 하기 시작하면 끼어들어서 말려야겠다고 마음먹었다. 이런 나를 착한 동생이 아니라고 할 사람이 누가 있겠는가?

저녁을 먹는 내내 맥스와 나는 꿍꿍이가 있는 눈빛을 교환하면서 문 쪽을 힐끔거렸다. 윌이 화장실에 다녀오겠다고 자리를 비웠을 때 맥스가 문자메시지를 받았다.

"여자가 도착했어."

맥스가 속삭였다. 맥스는 휴대전화 자판을 꾹꾹 누르고 전송 버튼을 눌렀다.

"조니에게 윌의 옷차림을 알려주고 윌이 레스토랑 앞쪽에 있을 거라고 말했어. 이제 쇼 타임이야!"

"너무 쉬운데."

나는 주위를 돌아보며 말했다. 왠지 모르게 불안해서 속이 메슥거렸다.

"클로에를 만난 이후로, 내 인생에서 일이 이처럼 쉽게 풀린 적은 한 번도 없었어."

"긴장 좀 풀지 그래?"

맥스가 숨죽여 말했다.

"이건 내부자거래가 아냐. 친구들 몰래 나가서 섹스를 즐길 방법을 찾는 거라고. 제발 진정 좀 해."

"우와."

헨리의 목소리에 나는 고개를 들고 형의 시선을 따라 건너편을 바라보았다. 한 여자가 자리로 돌아오는 윌을 멈춰 세웠다. 그 여자는… 아름답고, 곱슬곱슬한 붉은 머리에 솜씨 좋게 화장해서 마치 하나의 예술 작품 같았다. 몸에 착 달라붙는, 구슬로 장식된 짧은 드레스를 차려입은 여자가 미소 지으면서 윌의 팔뚝에 한 손을 올려놓고 윌을 바라보았다.

하지만….

나는 맥스를 팔꿈치로 꾹 찔렀다. 맥스가 고개를 들었을 때 내가 발견한 여자를 가리키며 말했다.

"저 사람이 조니가 보낸 여자 맞아?"

맥스의 눈이 커졌다가 약간 가늘어졌다. 좀 더 자세히 살펴보고 대체 뭐가 잘못되었는지 알아내려는 것 같았다.

"저게 대체 무슨… ?"

헨리가 말을 하다가 말았다. 맥스는 휴대전화 자판을 무섭게 두드렸고, 헨리와 나는 윌을 계속 바라보았다. 여자는 윌과 같은 눈높이에서 마주 서서 그를 바 쪽으로 이끌었다. 윌이 여자에게 술을 사려는 것처럼 보였다.

"뭐가 뭔지 모르겠는데. 지금 저게⋯."

월이 우리 탁자를 돌아보고 나와 시선을 맞추었다. 순간적으로 나는 어떻게 된 일인지 깨닫고 웃음을 터뜨렸다. 조니가 우리를 완전히 갖고 논 것이었다. 게다가 월은 저 여자를 만나자마자 우리가 무슨 짓을 했는지를 정확하게 알아차렸다. 피할 수 없는 결투가 시작된 것이다.

"이 개자식."

맥스가 욕설을 내뱉었다. 하지만 붉은 머리 여자가 월에게 접근하려는 것 같았기 때문에 나는 맥스에게 뭐라고 물어볼 틈이 없었다.

우리는 모두 넋을 놓은 채 말없이 월과 여자를 바라보았다. 여자가 몸을 앞으로 숙여 월의 귀에 뭐라고 속삭였다. 그 여자의 손은 내 손보다 더 컸다. 그 커다란 손을 월의 가슴에 올리고, 손가락으로 월의 옷깃을 비비 꼬았다. 월이 고개를 저으며 웃음을 터뜨리더니 우리를 향해 고개를 끄덕거렸다.

여자가 유혹적인 미소를 지으며 월의 셔츠를 움켜쥐고 그를 끌어당겨 진하게 키스했다. 젠장.

월이 멍하니 여자에게서 떨어져 우리한테 돌아왔다. 그가 자리에 앉았을 때 우리는 대체 무슨 일이 일어난 건지 의아해서 서로를 쳐다보았다. 윌은 잠시 말없이 눈만 몇 차례 껌벅이다가 술잔을 집어 들었다. 한 번에 쭉 술을 들이켜고 깊은 한숨을 내쉬었다.

"너희들, 진짜 개자식들이구나."

맥스가 의자에 등을 기대고 새우 한 마리를 입안에 던져 넣으면서 말했다.

"하지만 남자랑 키스한 것치고는 그다지 나쁘지 않았어."

* * *

솔직히 말해 이번에 진정 이긴 사람은 윌이었다. 나는 여전히 잘난 체하는 미소를 띠고 디저트 접시를 뚫어져라 쳐다보는 윌을 힐끗 바라보았다.

"내가 진짜 취한 거야, 아니면 우리가 실수로 남자 매춘부를 고용해서 저 친구의 관심을 딴 데로 돌리려고 한 거야?"

내가 맥스에게 물었다. 맥스는 말없이 휴대전화를 집어 방금 전에 받은 문자메시지를 보여주었다. 가운뎃손가락을 치켜든 조니의 손 사진이 보였다. 완벽했다.

나는 웃으면서 술잔을 내려놓았다. 의도했던 것보다 좀 더 시끄럽게 탁 소리가 났다.

"내가 그럴 거라고 했잖아라고 말하고 싶지는 않아. 하지만 나중에 딴말할까 봐 말해두는데 난 분명히 그럴 거라고 했어."

"됐으니까 그만 지껄여."

맥스가 양손으로 머리털을 헤집으면서 의자 등받이에 털썩 몸을 기댔다.

"아직 끝난 게 아냐. 그는 기회를 봐서 우리를 완전히 끝장내려고 할 거야. 내가 오늘 밤에 내 여자와 함께 지내려고 무슨 짓을 했는지 알아? 절친한 친구의 총각파티에서 몰래 빠져나가 리무진을 훔쳤어. 다른 절친한 친구에게는 여장 남자를 붙여줬고."

내 몸속에 돌아다니는 술기운 탓인지, 아니면 터무니없기 짝이 없는 상황 때문인지 터져 나오는 웃음을 멈출 수가 없었다.

"벤이 마침내 정신 줄을 놓았나 보네. 어디 볼까? 누구였더라? 누가 맞혔지?"

헨리가 주머니에서 구겨진 종이 한 장을 꺼냈다. 아마도 낮에 내기를 한 모양이었다.

"젠장. 맥스잖아."

나는 의자에 기대앉아 얼굴을 문질렀다. 맥스의 말이 옳았다. 이 일은 전혀 끝나지 않았다.

맥스 스텔라

·

6

바에서 들리는 시끄러운 사람들 목소리와 유리잔 부딪치는 쨍그랑 소리, 땡땡땡거리는 슬롯머신 소리 사이로 이 세상에서 최고로 재수 없는 월의 시끄러운 웃음소리가 간간이 흘러나왔다.

"남자 매춘부에게 오럴 섹스 받는 기분이 어떨지 궁금하지 않아?"

월이 곰곰이 생각에 잠겼다.

"그게 불법이 아니라고 가정한다면 남자 매춘부를 만나도 남자인 줄 모를걸. 게다가 입으로 빠는 힘이 아주 좋을 게 분명해."

나는 익살스러운 분위기에 점점 빠져들어 어깨를 으쓱이고 불쑥 말했다.

"끝내주게 환상적일 거야."

"손아귀 힘도 세고 말이야."

베넷이 웃으며 맞장구쳤다.

"혀도 아주 커서 안성맞춤이지."

내가 덧붙였다.

"에이, 젠장. 너희들이 그렇게 말하니까 아까 그 친구를 거절하지 말걸 하는 생각이 들잖아."

윌이 빈 술잔을 집어 종업원을 향해 들어 올렸다. 술을 더 주문하려는 것이었다.

"다음에는 어디로 가는 거야?"

"베네시안의 타오에 갈까? 아니면 벨라지오로 돌아갈까?"

내가 제안했다.

"헨리가 어디 있는지 아는 사람 있어?"

베넷이 주위를 둘러보면서 물었지만 굳이 일어서서 찾아볼 생각은 없는 것 같았다.

그런데 그때 클로에와 세라가 모퉁이를 돌아서 나타났다. 두 사람은 팔짱을 끼고 바에서 9미터쯤 떨어진 블랙잭 테이블로 곧장 걸어갔다. 베넷이 본능적으로 몸을 곧추세웠고, 그 모습이 윌의 관심을 끌었다.

"지금 날 놀리려는 거지."

베넷의 시선을 쫓던 윌이 툴툴거렸다. 그는 종업원한테서 술잔을 건네받으며 고맙다고 웅얼거렸다.

"저 여자들은 너희가 여기 있는지 모르잖아. 그렇지? 맙소사, 알고 있군. 그래서 너희들이 저녁 내내 얼간이처럼 굴었구나. 너희 네 사람의 성기에는 무의식 귀소 장치가 박혀 있는 것 같아."

월이 한숨을 쉬었다.

"뭐가 어떻게 된 건지 이제야 알겠군."

나는 드레스셔츠 자락을 바지 허리춤에 집어넣고 두 팔을 머리 위로 쭉 뻗으면서 베넷과 동시에 자리에서 일어났다. 월이 뭐라고 해도 세라에게 갈 생각이었다.

"신사 여러분, 괜찮다면 난 오늘 밤에 블랙잭 테이블에서 시간을 보낼 것 같군."

나는 바에서 떠나 여자들이 칩을 쌓아놓고 카드를 받는 테이블로 갔다. 클로에 옆에 빈자리를 찾아 앉고서 두 좌석 건너편에 있는 세라와 눈을 맞추고 살짝 윙크했다.

"맥스."

세라가 가볍게 미소 지으며 말했다.

"세라."

내가 고갯짓으로 화답하고, 주머니에서 칩 몇 개를 꺼내 교환원에게 더 작은 단위로 바꿔달라고 했다.

"전 돈을 좀 딸 거예요."

클로에가 같은 테이블에 있는 사람들에게 말했다.

"그 모습을 보고 싶군."

나는 딜러가 앞면을 위로 가게 해서 뒤집어준 카드를 보고 인상을 찌푸리며 웅얼거렸다. 하트 5였다.

"나도 보고 싶어."

베넷이 세라 옆 마지막 남은 자리에 미끄러지듯 앉았다. 클로에와는 반 바퀴 떨어져서 마주 보는 자리였다. 나와 세라 사이에는 챙 넓은 모자를 쓴 빼빼 마른 남자가 있었는데 그처럼 근사하게 수염을 기른 사람은 지금껏 보지 못했다.

나는 중간중간 그 남자를 좀 더 자세히 바라보았다.

"우아, 끝내주게 멋진 콧수염이네요."

그러자 남자가 모자를 기울여 내게 감사 인사를 하고는 게임을 끝냈다.

클로에가 남아 있었고, 딜러는 클로에가 스페이드 에이스와 스페이드 잭을 둘 다 갖고 있다고 밝혔다. 잭이 나와 있었는데 엎어져 있던 카드를 뒤집자 킹이 나왔다. 이긴 클로에에게 딜러가 돈을 주고 나서 테이블에 놓인 카드들을 쓸어 모았다.

"내가 돈을 딸 거라고 했잖아요!"

클로에가 앉은 자리에서 춤을 추고 베넷에게 키스를 날리며 노래하듯 말했다.

"운 좋은 밤이라니까요."

베넷이 눈썹을 살짝 추켜세웠다.

건너편 바에서는 윌이 술을 홀짝이면서 휴대전화를 만지작거리고 있었다. 윌이 고개를 들어 잠시 나와 눈을 마주치더니 말없이 꺼지라는 표정을 지었다. 나는 곧 돌아가겠다는 뜻으로 손을 흔들었다.

문제는 블랙잭이 징그럽게도 재미있다는 것이었다. 클로에가 계속 돈을 쓸고 있었다. 베넷과 나는 일부러 우리 돈을 모두 잃고 있었지만 그런 것은 전혀 중요하지 않았다. 딜러는 태평스러웠고, 세라의 웃음에 전염된 콧수염은 지저분한 농담을 던졌다.

"한 의사가 수술실로 들어갔어요."

콧수염이 손가락으로 콧수염을 쓰다듬고 클로에에게 윙크하며 말했다.

"그러고는 수술대에 있는 환자에게 인사하고 차트에 뭔가를 적으려고 했죠."

딜러가 우리에게 앞면을 아래로 해서 카드를 나눠주었고, 우리 모두는 앞면이 위에 있는 그 다음 카드를 받을 때 고개를 들었다.

"그때 의사는 체온계를 들고 있다는 걸 깨닫고 인상을 찌푸렸어요. 그러고는 '젠장, 어떤 개자식이 내 펜을 갖고 갔어'라고 말했죠."

세라는 언제나 잘 웃기 때문에 그 농담에 완전히 넘어가서 테이블의 부드러운 가장자리에 엎어지다시피 깔깔거렸다. 오늘 밤 보았던 그 어떤 모습보다도 사랑스러웠다. 세라는 뭘 마셨는지 몰라도 발그레하게 달아올라 있었지만 그 이상으로 행복해 보였다. 세라가 고개를 들다가 나와 눈이 마주쳤다. 그 순간 온몸의 피가 얼어붙기라도 한 것처럼 세라의 미소가 흔적도 없이 사라졌다. 세라는 눈을 깜빡이면서 내 입술을 뚫어지게 바라보았다.

세라를 찾으러 극장에 간 것은 오늘 밤 내가 한 일 중에서 최고로 잘한 일이었다. 돌이켜보면 그것이 유일하게 잘한 일이었다. 나는 세라에게 윙크하고 입술을 핥았다.

"당신들 둘은 사랑을 나누려는 거예요? 아니면 카드놀이를 하려는 거예요?"

클로에가 9가 적힌 카드를 내기로 결정하고는 물었다. 테이블에는 6이 적힌 카드가 나와 있었는데 엎어놓은 카드 9에 7을 더해서 게임은 끝났다.

"그 입 다물어요, 아가씨."

내가 장난스럽게 말했다.

"한 젊은이가 바로 걸어 들어갔어요."

새로 사귄 우리 친구 콧수염이 다시 농담을 했고, 딜러가 카드를 다 돌렸다. 젠장, 나는 콧수염이 블랙잭 테이블에서 만날 수 있는 최고의 사람이라고 생각하기로 했다. 딜러가 카드 한 벌을 섞기 시작했다.

"그 젊은이는 위스키 열 잔을 시켰죠. 바텐더가 '새파랗게 젊은 놈이'라고 말하면서도 주문한 술을 준비해줬답니다."

나는 콧수염이 마음에 들었다. 물론 그 멋진 콧수염 때문이었지만 혼자 생일을 보낸 적이 많은 사람 같았기 때문이기도 했다. 여유로우면서도 절망적으로 보이는 그에게는 묘한 매력이 있었다. 어쨌든 그 남자는 이 자리에 앉아서 반쯤 술에 취한 낯선 사람들을 상대로 낮은 패로 돈을 따려는 수작을 부리면서 지저분한 농담을 던지고 있었다. 나는 콧수염이 세라를 바라보고 미소 지으면서 멍한 표정을 지어도 신경 쓰지 않았다. 그 사람을 탓할 수는 없는 노릇이니까. 나는 세라에게 빠지지 않을 수 없었다. 세라는 중력처럼 거부할 수 없는 여자였다.

"드디어 주문한 술이 나왔죠. 위스키 열 잔이 빼빼 마른 키다리 청년 앞에 나왔어요. 젊은이는 눈도 깜짝이지 않고 한 잔씩 꿀꺽꿀꺽 들이켰죠. 바텐더가 보더니 이렇게 물었어요. '와우, 뭘 축하하는 겁니까?'"

세라는 이미 웃고 있었고, 나는 의아한 표정으로 세라를 보았다. 라스베이거스에서 기이한 낯선 사람이 던지는 지저분한 농담을 기다리는 세라는 영원히 풀리지 않는 미스터리이다.

콧수염이 고개를 가로저으며 껄껄 웃었다.

"젊은이가 대답했죠. '제 첫 오럴 섹스요.' 바텐더는 깜짝 놀란 표정으로 말했어요. '그렇다면 제가 한 잔 사죠.'"

콧수염은 여기서 말을 멈추고는 기대하는 표정으로 세라를 쳐다보았다.

그러자 세라가 마치 승리의 춤을 추는 것처럼 양손을 높이 올리고 외쳤다.

"젊은이는 고개를 가로저었죠. '됐습니다. 열 잔을 마셔도 그 맛을 없애지 못한다면 한 잔 더 마신다고 달라질 게 없겠죠!'"

주변에서 웃음소리가 터져 나왔고, 사람들이 우리 테이블 주위로 모여들었다. 클로에는 계속 이기고 있었고, 콧수염은 최고로 유쾌한 사람이었다. 거의 새벽 두 시가 다 된 시각에 우리 테이블 사람들이 카지노에서 가장 즐거운 시간을 보내고 있는 게 틀림없었다. 딜러가 즐거운 미소를 지으며 카드를 넘기기 시작했을 때 세라와 콧수염이 하이파이브를 했다.

카드놀이가 농담과 술을 즐기는 자리로 변했다. 클로에가 기쁨의 환성을 지르는 사이사이로 세라의 걸걸하고 호탕한 웃음소리가 들렸다. 나는 문득 뭔가 생각나서 윌을 찾아 바를 둘러보았다. 곧 돌아가겠다고 말한 지 꽤 오랜 시간이 지났다. 시간이 어떻게 지나갔는지 까맣게 잊고 있었다.

윌이 사라지고 없었다.

남은 25달러 칩 두 개를 체념 어린 눈빛으로 흘낏 쳐다보다가 주머니에서 휴대전화를 꺼내 윌에게 문자메시지를 보냈다.

'우리 왔어. 어디 있어?'

잠시 후 답장이 날아왔다.

'베네시안에서 만나. 난 여장 남자의 펠라티오를 받고 있어.'

"미친놈."

콧수염이 새로운 농담을 시작했을 때 내가 중얼거렸다.

바로 그때 한 손이 내 어깨를 움켜잡는가 싶더니 바로 옆에서 남자 목소리가 들렸다.

"스텔라 씨."

우리 테이블 사람들과 주변에서 요란스럽게 떠들던 사람들이 조용해졌다. 나는 세라의 얼굴에 서린 걱정스러운 빛을 살피며 고개를 들었다. 검은 양복을 걸친 남자가 매우 진지한 표정을 짓고 내 옆에 서 있었다.

"무슨 일입니까?"

남자는 이어폰을 끼고 있었고, 자기를 아주 진지하게 대해야 한다는 표정을 짓고 있었다.

"당신과 라이언 씨에게 물어볼 게 있으니 따라 오십시오."

"이게 대체 무슨 일입니까?"

베넷이 카드를 테이블에 엎어놓으면서 물었다. 주변 사람들이 소곤거리기 시작했다.

"여기서는 말씀드릴 수 없습니다. 다시 한 번 말씀드리는데 나를 따라오시죠. 지금 당장."

우리는 더 이상 질문하지 않고 당혹스러운 눈빛을 교환하며 남자를 따라 나갔다. 나는 돌아서서 세라에게 격려의 미소를 보내며 소리 내지 않고 입만 움직여 말했다.

"괜찮아."

그 상황에서 우리가 뭘 할 수 있겠는가?

* * *

검은 양복 차림의 남자는 직원 전용 출구로 우리를 안내하더니 아무도 없는 긴 복도를 따라 내려가 아무 표시도 없는 문으로 들어갔다. 황량하고 하얀 방 안에는 그린 룸에서 본 것과는 완전히 다른 금속 탁자 하나와 접이식 금속 의자 세 개가 있었다.

"앉으시죠."

그 말을 하고 남자는 방을 나가려고 했다.

"이게 대체 무슨 일입니까?"

베넷이 물었다.

"우리는 순순히 예의 바르게 당신을 따라왔어요. 적어도 왜 우리를 이곳으로 데려왔는지는 말해줘야죠."

"해머 씨가 오실 겁니다."

남자가 고갯짓으로 빈 의자를 가리키고는 밖으로 나갔다.

나는 의자에 앉았지만 베넷은 일어서서 몇 분 동안 왔다 갔다 하다가 한숨을 쉬고 내 옆에 앉았다. 그러고는 주머니에서 휴대전화를 꺼내 문자를 보냈다. 클로에에게 보내는 것 같았다.

"이건 완전 말도 안 되는 일이야."

베넷이 투덜거렸다. 나도 소리 내어 동의한다는 뜻을 비쳤지만 복도에서 발자국 소리가 들려서 더 이상 아무 말도 하지 않았다.

두 남자가 방으로 들어왔다. 둘 다 딱 붙는 검은 양복을 걸쳤고, 짧게 친 머리에 두 손은 수박처럼 큼직했다. 두 사람 다 나보다 키가 크지는 않지만 나보다 맨손 격투에 능한 사람들 같았다.

두 사람이 꽤 오랜 시간 말없이 우리를 바라보았다. 평가하는 것 같았다. 그 둘이 내가 세라와 짧은 쾌락을 즐기려고 빌렸던 리무진의 주인이 아닌가 하는 생각이 들어 이마에 땀방울이 맺혔다. 두 남자는 리무진 운전사이거나 암살자가 틀림없었다.

아니면 매춘부를 고용했다고 우리를 벌하러 온 비밀경찰이거나. 우리가 그 여장 남자에게 돈을 지불했던가? 그 여자를 추적해서 우리를 찾아낸 것일까? 아니면…. 젠장, 세라와 내가 카메라에 찍혀서 풍기문란 죄로 체포하러 온 것일지도 몰랐다. 풍기문란 죄로 경찰 기록에 올라가자마자 전화해야 할 사람 목록을 머릿속으로 정리해보았다. 변호사, 세라, 엄마, 오만한 사업 파트너, 신경질적인 누나들이 떠올랐다. 이어서 자동차나 다리, 학교 운동장에서 섹스를 하다가 체포된 사람들의 으스스한 얼굴 사진들이 떠올랐다. 그래서 세라와 나는 조니의 클럽을 이용한 것이다. 조니의 클럽에서는 양복 입은 남자가 우리를 징계하러 오는 일이 절대 없었다. 조니는 경찰이 클럽의 좌표를 GPS에 넣기도 전에 모든 것을 폐쇄해버리니까.

나는 베넷을 힐끗 돌아보았다. 이제 베넷은 이사회 회장 자리에 앉은 것처럼 느긋한 표정으로 앉아 있었다. 한 손은 주머니에 꽂고 다른 한 손은 허벅지에 올려놓고서 우리 앞에 서 있는 두 남자에게 고르게 시선을 나누어주었다.

"안녕하십니까? 여러분."

나는 누구라도 먼저 말을 꺼내야 되겠다 싶어 말문을 열었다. 두 남자는 덩치 큰 짐승 같은 놈들이요 불량배들이고, 만화책이나 타란티노 영화에서 보고 배운 표정을 짓고 있었다. 재미있게 즐길 상황은 전혀 아니었다.

키가 작은 쪽이 먼저 입을 열었다. 다른 한 사람보다 작을 뿐이지 결코 작은 키가 아닌 남자가 다섯 살 여자아이 같은 목소리로 말했다.

"난 해머요. 여기 이 사람은 킴이지."

베넷 라이언이 술에 취했는지 이렇게 말했다.

"모든 점에서 아이러니하군."

자신을 해머라고 소개한 사람이 베넷을 한참 노려보다가 물었다.

"리로이가 왜 당신들을 여기로 데려왔는지 압니까?"

내가 대답했다.

"어, 모른다면요?"

동시에 베넷도 대답했다.

"음, 그게 우리가 돈을 다 썼기 때문은 절대 아닌 것 같군요."

베넷이 그 말을 꺼냈을 때, 이 방에 온 이후 처음으로 우리가 대담한 자동차 도둑질이나 풍기문란보다는 도박과 관련된 문제로 끌려왔다는 생각이 떠올랐다. 이제는 체포됐다가 풀려나는 게 아니라 해머라는 내시 같은 남자와 킴이라는 짐승 같은 놈에게 손가락이 하나씩 하나씩 부러져 나갈 판이었다.

해머가 히죽 웃으면서 말했다.

"우리가 너희들 같은 개자식을 얼마나 많이 만나는지 알아? 성병 걸린 허풍선이 친구들이 주말에 나와서는 새로운 카드 카운팅 기술을 이용해 돈을 싹 쓸어서 집으로 돌아가 못생긴 여자 친구와 섹스를 즐기고, 딴 돈 오백 달러로 여자 친구의 환심을 사려고 한단 말이지."

베넷이 위엄 있게 목청을 가다듬으면서 물었다.

"우리가 오백 달러를 따고 스릴을 느낄 사람처럼 보입니까?"

그때 킴이 몸을 앞으로 숙여 주먹으로 탁자를 꽝 내리치자 방 전체가 흔들렸다. 킴은 해머보다는 덩치가 훨씬 크지만 양쪽 귀에 루비를 달고 있어서 해머만큼 위협적으로 보이지는 않았다. 베넷은 조금도 움찔하지 않았지만 나는 놀라서 움찔하지 않을 수 없었다. 금속 탁자가 아래로 주저앉을 것만 같았다.

"여기가 너희 엄마 집이라고 생각하는 거야?"

킴이 해머의 여자 같은 목소리만큼이나 나지막하고 귀에 거슬리는 목소리로 으르렁거렸다.

"그 빌어먹을 리놀륨 테이블에서 낚시 게임이라도 하고 있다고 생각하는 거야?"

베넷은 꼼짝도 하지 않고 무표정하게 앉아 있었다. 킴이 날 돌아보면서 눈썹을 추켜세웠다. 마치 내가 대표로 대답해야 한다고 말하는 것 같았다.

"아뇨."

내가 여유 만만한 최고의 미소를 지으며 대답했다.

"우리가 엄마 집에 있었다면 감자 칩과 기네스 흑맥주를 대접받았을 겁니다."

해머는 내 농담을 무시하고 성큼 앞으로 나왔다.

"우리가 카드 카운터를 찾아내면 어떻게 할 거라고 생각하나?"

"이봐요, 나는 레인맨한테 배워도 카드 카운팅을 할 줄 모를 거요. 그건 내가 감당할 수 있는 일이 아니라고."

"지금 그걸 웃으라고 하는 얘기인가?"

나는 숨을 내쉬면서 의자에 등을 기대고 앉았다. 상황이 좋지 않았다.

"솔직히 이게 무슨 상황인지 모르겠군요. 난 칩을 다 잃었습니다.

설령 우리가 카드 카운팅을 했다고 해도 그렇게 잘하지는 못했죠. 그런데 왜 우리가 여기서 이러고 있는지 알 수가 없군요."

"최고의 카운터들은 가끔씩 돈을 잃어주기도 하지. 카운팅을 해서 이기기만 한다고 생각하나?"

나는 몸을 숙여 팔꿈치로 무릎을 짚으며 한숨을 쉬었다. 상대가 이런 질문만 계속 던지니 이도저도 안 되는 상황이었다.

"비밀 하나 얘기해도 될까요?"

해머가 깜짝 놀란 표정으로 몸을 곧추세웠다.

"해봐."

"난 오늘 밤 이전에는 내 평생 한 번도 블랙잭을 해보지 않았어요. 이 친구는 어떠냐고요?"

내가 고갯짓으로 베넷을 가리키며 말했다.

"이 친구는 테이블에 앉아 있을 때 술값을 흥정했다고요. 무료로 제공되는 술인데 말이죠. 그 빌어먹을 도박은 하지도 않았습니다."

킴이 콧방귀를 뀌면서 말했다.

"하지만 너희는 지금 여기 있어. 아까부터 했지만 도박은 하지 않았다는 건가?"

베넷이 진짜 궁금하다는 듯이 몸을 앞으로 숙였다.

"그게 지금 우리말입니까?"

나는 이 방에 걸어 들어온 이후 처음으로 킴의 입술 가장자리가 살짝 비틀어지는 것을 발견했다. 새어 나오려는 웃음을 억누르는 것 같았다. 아니면 이를 드러내고 으르렁거리지 않으려고 애쓰는 것인지도 모른다. 어느 쪽인지 확실히 알 수 없었다.

"두 가지 선택권을 주지."

해머가 말했다.

"한 가지는 너희들 손가락을 부러뜨리는 거야. 아니면 얼굴을 으깨 줄까?"

나는 상황이 예상한 대로 돌아가자 약간 으쓱해하면서 눈을 깜박거렸다. 그런데 뭔가 들어맞지 않았다. 내가 라스베이거스에서 블랙잭을 해보지 않았다고 해서 세상 물정을 모르는 것은 아니었다. 손가락을 부러뜨리고 얼굴을 으깨는 것은 카드 카운팅을 했다고 의심받는 사람들에게 다소 과한 처벌 같았다.

"자, 손을 이리 내놓으실까?"

킴이 탁자를 두드리면서 말했다.

"당신은 지금 망상에 빠져 있는 것 같은데."

베넷이 이 상황을 믿을 수 없다는 듯이 웃으며 말했다.

"새끼손가락부터 시작하지."

해머가 입술을 비틀면서 말했다.

"새끼손가락은 없어도 되니 말이야."

"정신 나간 소리 그만하시지."

나는 가슴속에서 초조함과 분노가 뒤섞여 치솟는 것을 느끼며 으르 렁거렸다.

"내 어투가 어떻든 난 미국 시민이야, 이 개자식들아. 난 내 권리를 알고 있다고. 그렇게 거칠게 나올 거라면 빌어먹을 경찰이나 변호사를 불러줘."

그때 문이 활짝 열리더니 지겨운 윌 녀석이 천천히 박수를 치면서 들어왔다. 그 순간 내 온몸의 피가 얼어붙었다. 나는 거칠게 숨을 내쉬며 의자에 등을 기댔다.

"이 비열한 놈."

내가 한숨을 쉬었다.

"완벽해!"

윌이 해머와 킴에게 미소를 지었다. 나는 탁자에 올려놓은 두 팔 위로 머리를 떨어뜨리며 신음했다. 진작 알아차렸어야 했는데.

"넌 화가 났지만 아주 설득력 있게 설명했어."

윌이 내게 말했다.

"네가 홧김에 주먹을 날렸을지도 모르겠는걸. 하지만 네가 미국 시민이 어쩌고저쩌고 한 부분이 아주 좋았어. 그 말이 여기에 딱 와 닿더라고."

내가 올려다보니 윌이 부드러운 눈빛으로 칭찬을 늘어놓으면서 가슴을 두드리고 있었다.

해머와 킴이 웃으면서 옆으로 물러섰을 때 베넷이 일어서서 윌에게 다가갔다. 나는 베넷이 윌에게 주먹을 날리거나 그의 불알을 걷어찰지도 모른다는 생각을 잠시 했다. 하지만 베넷은 웃고 있었다. 베넷은 셋 셀 동안 윌의 눈을 바라보다가 어깨를 툭툭 두드리더니 그냥 문으로 걸어갔다.

"멋진 연극이었어."

복도로 나가기 전에 이렇게 중얼거렸다.

해머와 킴이 활짝 미소 지으면서 내게 다가와 두 손을 내밀었다.

"죄송합니다."

해머가 웃으며 말했다.

"조니 프렌치 씨가 전화해서 동점이 될 수 있게 당신 친구 윌을 도와드리라고 했거든요. 좀 전에 공처가처럼 행동했으니 이런 보복을 당할 만하죠?"

해머가 어깨를 으쓱거리면서 두 손을 올렸다. 그 모습으로 보아 그가 진짜 폭력배와 연관된 사람이 아닌가 하는 의심이 들었다.

"그냥 당신들을 조금 겁주고 싶었을 뿐입니다."

"너희들을 여자한테서 떼어놓을 가장 쉬운 방법 같았지."

윌이 발꿈치로 균형을 잡고 몸을 흔들거리면서 말했다.

나는 얼굴을 문지르며 한숨을 쉬었다. 맥박이 정상으로 돌아오는 것 같았다. 아주 끝내주게 멋진 장난이었다.

"그건 그렇고 우리가 여기 있는 동안 클로에가 돈을 싹 쓸었을 것 같은데."

"아주 잘했지. 적어도 몇 천 달러는 땄을걸."

윌이 말했다.

"자, 나가시죠."

킴이 나를 일으켜 세워 등을 찰싹 치면서 말했다.

"나가서 술을 마셔요."

"미리 말해두는데, 난 카드 테이블에서 멀찌감치 떨어져 있을 겁니다."

킴과 악수를 나누면서 내가 말했다.

* * *

"난 미국 시민이야!"

윌이 소리치고는 발작적으로 웃으며 소파에 푹 쓰러졌다. 십오 분 동안 벌써 열 번째 그러고 있다.

"그러니까 네가 백 달러를 주고 그 사람들을 고용해서 우리를 겁준 거군. 어떻게 그런 계획을 세운 거지?"

윌이 내 질문은 무시한 채 눈물을 닦는 척했다.

"마지막에 네가 외친 애국적인 구호는 평생 잊지 못할 거야."

"아주 끝내줬지."

베넷이 맞장구를 쳤다.

우리는 벨라지오의 호화로운 바에서 나지막한 유리 탁자에 둘러앉아 스웨이드 소파에 기댄 채 오늘 밤 들어 백만 번째로 마시는 것 같은 술을 홀짝였다. 온몸에 취기가 돌기 시작했다. 지금까지 나는 취기를 전혀 느끼지 못하고 있었다. 하지만 핏속에서 아드레날린이 서서히 빠져나가고, 여자들이 어딘가 안전한 곳에서 잠들었다는 걸 알고 나자 오늘 밤의 모험과 축적된 알코올에 취해 사지가 무거워졌다.

우리 주위는 조용했다. 새벽 세 시가 지난 시각이었고, 남은 대부분의 사람들이 카지노에 있거나 여기보다 더 시끄러운 바에 있기 때문이었다.

그때 곁눈질로 힐끔 보니 한 남자가 우리 탁자로 다가오고 있었다. 맞춤 양복을 걸치고 이어폰을 낀 남자는 중요한 인물처럼 단호한 표정을 짓고 있었다. 종업원들이 그 남자에게 길을 비켜주고 긴장된 표정으로 인사를 건넸다. 남자는 우리 쪽으로 오는 것이 분명했다. 윌이 우리와 함께 있기 때문에 윌이 또 장난을 치는 것 같지는 않았다.

"여러분."

남자가 우리 탁자 앞에 서서 말했다.

"여러분이 베넷과 맥스, 윌인 것 같군요."

우리는 모두 기분 좋게 인사를 건네며 고개를 끄덕였다.

"라이언 씨가 저희와 함께 고액 베팅 룸에 계십니다."

남자가 말을 꺼냈다.

그곳이 바로 헨리가 있는 장소였다.

"그런데 라이언 씨 휴대전화가 꺼져버려서 여러분이 잘 계신지 확인해달라고 부탁하셨습니다. 전 마이크 호크라고 합니다. 벨라지오에 있는 여기 고객부의 부사장이죠."

나는 친구들을 힐끗 쳐다보았다. 마이크 호크라는 부사장이 몇몇 친구들 사이에서는 '마이클 호크(속어로 '내 성기'라는 뜻-옮긴이)'라고 불릴지도 모른다는 사실을 다들 알아차렸는지 궁금했기 때문이다. 윌이 잠시 눈을 감고 힘겹게 침을 꿀꺽 삼키더니 마음을 추스르면서 다시 눈을 떴다. 베넷은 고개를 끄덕이고는 더 이상 반응하지 않겠다는 듯 윗입술을 깨물었다. 참으로 놓치기 아까운 광경이었다.

"여러분이 즐거운 밤을 보내고 계신지 확인하고 싶었습니다."

호크 씨가 우리를 번갈아 살펴보면서 말했다.

"아주 환상적인 밤을 보내고 있답니다."

나는 베넷한테서 눈을 떼지 못한 채 대답했다. 베넷의 그런 모습을 못 본 지 적어도 십 년은 된 것 같았다. 베넷이 떨리는 입술을 숨기려고 손가락으로 입을 가렸고, 눈에는 눈물이 고였다. 마침내 베넷이 나를 쳐다보더니… 더 이상 참지 못하고 웃음을 터뜨렸다.

베넷은 한 손으로 얼굴을 가리고 소파에 등을 기댄 채 발작적으로 웃어젖혔다. 술에 취한 데다 지친 상태에서 마이클 호크라는 남자가 눈앞에 나타나자 완전히 이성을 잃은 것이다. 그 옆에 앉아 있던 월의 얼굴도 발그레해졌다. 월은 몸을 숙여서 붉어진 얼굴을 양손으로 가렸다.

"죄송합니다."

월이 얼굴을 가린 채 숨을 몰아쉬며 말했다.

"무례하게 굴려는 게 아닙니다, 호크 씨. 그냥 참을 수가 없어서."

나는 우리 탁자 옆에 서 있는 남자를 돌아보면서 미소 지었다.

"이렇게 찾아와주셔서 고맙습니다. 우리는 잘 있다고 헨리에게 전해주세요."

마이클 호크는 키가 크지 않았고, 영화에 나오는 카지노 경영진처럼 거칠고 위협적으로 보이지 않았다. 보통 키에 동그스름하고 다정한 얼굴의 남자였고, 두 눈에는 이해심이 가득 차 있었다. 그가 고개를 가로저으며 가볍게 웃고는 우리를 떠나며 말했다.

"즐거운 시간 보내십시오."

"여기서 자제력을 유지할 수 있었던 사람은 나뿐이라는 사실을 기록으로 남겨놓고 싶은데."

마이클 호크가 떠나자마자 내가 말했다.

"마이클 호크라니!"

베넷이 손을 떨어뜨리며 내게 소리치다시피 말했다. 어찌나 웃었는지 베넷의 두 눈이 붉게 변했다.

"그런 상황에서 어떻게 자제력을 발휘할 수가 있냐고? 유니콘을 만난 것처럼 말도 안 되는 상황이었잖아."

월이 몸을 숙여 베넷과 하이파이브를 하고는 한숨을 쉬면서 소파 등받이에 머리를 기댔다.

"맙소사, 마이크 호크가 오늘 밤 하이라이트를 장식한 것 같은데."

"아직 밤이 많이 남았어."

베넷이 정신을 차리면서 살짝 흐릿한 말투로 말했다. 그러고는 월의 빈 잔을 흘낏 쳐다보았다.

"한 잔 더 해."

"아니, 됐어. 이제 와서 술 먹여서 날 쓰러트리려고 하지 마. 너무 늦었다고."

"여기요!"

내가 싱긋 웃으면서 종업원을 소리쳐 불렀다.

"여기 구두쇠에게 스카치 한 잔이오. 할 수 있다면 병째로 주세요."

"말했잖아, 맥스. 술 안 마신다고."

월이 토라진 척하며 얼굴을 홱 돌렸다.

"이제 와서 날 사랑하는 척하다니, 너무 늦었어."

종업원이 월 앞에 스카치 한 잔을 내려놓았다. 이어서 쨍하는 소리가 조용히 나더니 스카치 한 병이 그 옆에 놓였다.

윌이 스카치 병과 나를 번갈아 보더니 고개를 가로저었다.

"싫어."

＊ ＊ ＊

"문제가 뭐냐면 말이야."

윌이 축 늘어진 팔 하나를 내 어깨에 걸치며 어눌하게 말했다.

"여자들이 까다롭다는 거야."

윌은 다른 손의 가운뎃손가락을 세워 내 얼굴 앞에 대고 흔들었다.

"그냥 이렇게 우리 사이처럼 사귈 수 있는 여자를 얼마나 만날 수 있겠어?"

윌은 '이렇게'라는 말을 한 오 초 동안 길게 끌어 강조하며 말하고는 몸을 숙여 술잔을 잡으려고 했다. 술잔이 손끝에서 미끄러져 떨어지려고 했지만 윌이 손바닥으로 술잔을 꽉 움켜쥐었다.

"그래, 맞아."

내가 솔직하게 인정했다.

"세라와 함께 있을 때는 너희들과 함께 있을 때와 달라. 욕을 안 하려고 노력하지."

내가 턱을 문지르면서 생각에 잠겼다.

"뭐 그런 거야."

"네가 욕을 자제하려고 애쓰는 것처럼 나도…."

월이 생각에 잠겨 말끝을 흐렸다.

"뭔가를 억누르지. 배가 고파."

월이 한 손으로 얼굴을 쓸고는 시계를 확인했다. 나도 휴대전화를 살펴보았다. 새벽 다섯 시 삼십 분이 다 된 시각이었다.

"사실 좀 피곤해. 정오에 만나서 점심 먹자. 그리고 이 빌어먹을 총각파티를 다시 즐기자고."

우리 세 사람은 일어서서 계산을 끝내고 엘리베이터로 향했다. 경비원에게 보여줄 룸 키를 찾으려고 각자 호주머니를 뒤졌다.

우리가 말없이 서 있을 때 엘리베이터 문이 열렸다. 나는 얼근하게 취해 기분이 좋았고, 위층에서 기다리는 내 여자와 키스하고 포옹할 준비가 되어 있었다. 내일은 또 무슨 일이 벌어질지 빨리 알고 싶어 참을 수가 없었다.

베넷 라이언

7

월의 목소리가 엘리베이터 안의 정적을 깼다.

"고액 베팅 룸에 있는 헨리 걱정 좀 해야 하는 거 아냐?"

나는 재킷 주머니에 손을 넣어 형의 신용카드를 꺼냈다. 미나 형수가 헨리 형에게 갖고 가도 좋다고 허락한 유일한 카드였다.

"형이 무슨 게임을 하는지는 몰라도 계속 이기거나 돈이 바닥나서 더 이상 못할 거야. 형 주머니에 들어 있는 하나뿐인 카드는 호텔 방 카드거든."

"멋지군."

맥스가 졸리는 듯 엘리베이터 벽에 기대면서 중얼거렸다.

"난 완전 녹초가 됐어."

월이 엘리베이터의 층 표시창에 나오는 숫자들을 보면서 한숨을 쉬었다.

"너희들이 거세된 개자식들처럼 굴었지만 그래도 오늘 밤을 아주 즐겁게 만들어줬어."

"누드 클럽에 가짜 응급 상황 발생, 끝내주게 근사한 저녁 식사, 대담한 자동차 절도 행각, 여장 남자 매춘부 등장, 몇 천 달러를 딴 클로에, 거기다가 불량배들에게 사지가 절단당할 뻔한 경험까지 아주 파란만장했지."

맥스가 몸을 바로 세우며 말했다.

"그다지 나쁘지는 않았어, 그렇지?"

월이 맥스를 돌아보았다.

"대담한 자동차 절도 행각?"

맥스가 고개를 저으면서 얼굴을 문질렀다.

"그건 말이야…."

월이 눈을 크게 뜨고 한 손을 들어 올렸다. 자기 질문의 답을 듣기도 전에 다른 생각이 떠오른 모양이었다.

"그건 그렇고 내 애인을 만들어주는 일은 잊어버린 건가? 너희 두 사람은 그 부분에 특히 더 신경을 쓴 것 같은데 말이야."

엘리베이터 문이 열렸을 때 월이 약간 비틀거리면서 딸꾹질을 했다.

"너희들이 공처가라고 생각했는데 알고 보니 그보다 훨씬 더 상태가 끔찍해."

그 순간, 맥스의 얼굴에서 흡족해하는 미소가 사라지고 조롱조의 미소가 번졌다.

"윌, 이 친구야."

맥스가 두툼한 손을 윌의 뺨에 갖다 대고 혀를 찼다.

"한 여자가 네 인생으로 걸어 들어와 널 완전히 흔들어놓는 그날을 빨리 보고 싶군. 넌 네 인생이 체계적으로 잘 정돈되어 있다고 생각하겠지. 조용한 네 독신자 아파트와 3종 경기, 네 일과 네 요일 여자 친구에게 만족한다고 생각할 거야. 그러다가 한 여자가 나타나 널 상사병에 걸린 얼간이로 바꿔놓겠지. 그때 나는 네게 '내가 그럴 거라고 말했잖아'라고 말하며 널 조금도 동정하지 않을 거야."

맥스가 윌의 뺨을 살짝 두드리고는 뒤로 물러서 웃으며 복도를 따라 걸었다.

"그날을 빨리 보고 싶어 죽겠는데."

윌은 맥스가 사지를 축 늘어뜨린 채 발을 질질 끌고 가는 모습을 지켜보았다. 그러고는 내가 뭐라고 덧붙이기를 기대하는 것처럼 나를 돌아보았다.

"맥스의 말 그대로야. 네가 그런 여자를 만나면 우리는 아주 기뻐할 거야. 하지만 널 골려먹느라 정신없겠지."

"그래, 그게 내 친구다운 짓이지."

월이 내 가슴을 살짝 치고는 맥스가 가는 방향과 반대 방향으로 걸어갔다.

나는 월에게 잘 자라고 인사하고 방으로 걸어갔다. 클로에가 어디에 묵는지 알면 좋겠다는 생각이 들었다. 지친 데다 반쯤 취한 상태였지만 아래층으로 내려가 택시에 올라타고 어디든 클로에가 있는 곳으로 갈 수 있었다.

* * *

나는 방 안으로 들어가 블레이저를 걸려고 옷장 앞에 멈췄다가 그 자리에 그대로 얼어붙은 듯 서 있었다. 나무 옷걸이에 클럽에서 봤던 클로에의 속옷이 걸려 있었던 것이다. 작은 보석들이 박힌 작은 브래지어와 속옷이 침실 창문으로 들어오는 희미한 빛을 받아 초록색과 하얀색으로 반짝거렸다.

클로에가 침대에서 나를 기다리는 것 같아 맥박이 미친 듯이 뛰었다. 나는 진짜로 그런지 확인하고 싶어서 방 안으로 더 깊숙이 들어갔다. 클로에가 틀림없는 형체가 킹 매트리스 한가운데에 산더미 같은 이불과 베개에 파묻혀 곤히 자고 있었다.

나는 옷을 벗어서 바닥에 아무렇게나 던져놓고 그녀 위로 올라가 두 팔과 다리로 몸을 지탱했다. 그녀를 만지지 않고 내 품에 가둬놓기만 했다. 클로에의 갈색 곱슬머리가 하얀 침대 시트와 대조를 이루었고, 두 눈이 감겨 있었지만 꿈을 꾸는지 눈꺼풀이 파르르 떨렸다. 붉고 촉촉한 입술은 키스해달라고 애원하는 것 같았다. 목 아래는 이불 더미에 파묻혀 있었다. 클로에의 섬세한 목에서 규칙적으로 맥이 뛰는 모습을 가만히 보고 있자니 내가 포식자가 된 것만 같았다. 바로 지금 키스로 그녀를 깨워서 가질 수 있다고 생각하니 거의 2년 전에 처음으로 단둘이 호텔에서 시간을 보냈던 그때처럼 신선한 흥분이 끓어올랐다.

나는 이불을 걷어 올리고 클로에 옆으로 미끄러져 들어갔다. 클로에는 내 셔츠 하나만 달랑 걸치고 아무것도 입지 않았다. 이것도 내가 좋아하는 클로에의 모습이었다. 곤히 잠들어 팔다리가 축 늘어지고, 더 깊고 자연스러운 소리가 흘러나오는 모습을 나는 좋아했다.

내가 이불 속으로 조금씩 들어가자 클로에가 내 존재를 알아차렸다. 목욕을 했는지 더 이상 낯선 향수 냄새가 나지 않았다. 꽃과 감귤 냄새가 나는 비누 향기가 났다. 나는 셔츠 위로 그녀의 가슴골에 키스하고, 면 셔츠 자락을 들어 올려 배꼽에서 부드러운 엉덩이까지 혀로 쓸어 내려갔다.

호기심에 찬 클로에의 손가락들이 내 머리털을 헤집고 들어왔다. 그녀의 손끝이 내 턱을 더듬는가 싶더니 위로 올라가 입술 가장자리를 따라 움직였다.

"꿈인 줄 알았어요."

클로에가 정신을 차리면서 속삭였다.

"꿈이 아냐."

클로에가 두 손으로 내 머리털을 움켜쥐고, 이불 속에서 두 다리를 활짝 벌렸다. 이제 내가 그녀 곁에 있고, 지구상에서 그녀가 그 어떤 것보다 더 간절하게 원하는 것을 내가 줄 거라는 사실을 알았으니까.

나는 그녀의 다리 사이에 자리를 잡고 고개를 숙여 그녀의 음부에 부드러운 바람을 불어넣어 그녀를 희롱하면서 나를 향해 몸을 굽히고, 더 가까이 와달라고 재촉하며, 쾌락의 신음을 내뱉는 클로에의 모습을 음미했다. 이것은 내가 좋아하는 춤이었다. 그녀의 둔부와 허벅지에 키스하면서 달콤하고 작은 중심부와 아주 가까운 곳에서 숨을 쉬는 것이 좋았다.

방 안이 서늘했지만 그녀의 살갗은 벌써 땀으로 촉촉하게 젖어 있었다. 내 손가락 하나가 욕망의 열기가 고인 깊숙한 그곳으로 쑤욱 들어갔다. 클로에가 안도감과 욕구가 뒤섞인 신음을 내질렀다.

클로에는 더 빨리 해달라고 재촉하지 않았다. 클로에가 뭔가를 배웠다면 잘 알겠지만 지금은 내가 속도를 늦출 때이니까. 사실상 이미 내 아내가 된 것이나 다름없는 클로에가 내 침대에, 내 방에 있었다. 오늘 밤 내내 그녀 생각을 했는데 이제는 내일 아침, 아니 오늘 아침까지 그녀가 나와 함께 여기에 머무른다. 그런데 서두를 이유가 뭐가 있겠는가?

클로에가 내 숨결과 손가락을 음미하게 놔둔 채, 그녀의 배에 키스하고 그녀의 살갗을 맛보았다. 젠장, 클로에는 정말 아름답다. 두 팔을 머리 위로 뻗어 뭔가 몸을 지탱할 것을 찾으려고 했다. 그녀의 엉덩이가 내 앞에서 들썩거리며 뭔가를 갈구하고 있었다. 나는 따뜻하고 달콤한 그곳의 유혹을 더 이상 견뎌낼 수 없었다. 그 강렬한 유혹에 눈을 질끈 감고 그녀의 깊은 그곳에 부드럽게 키스했다.

나는 아직도 부족했다. 언제나 그랬듯이 그녀를 맛보는 동시에 가질 수 있는 방법을 찾고 싶었다. 내 혀가 그녀 안에서 빠져나와 살짝 부풀어 오른 클리토리스로 미끄러져 올라갔다. 그 즉시 나는 입을 벌리고 클리토리스를 집어삼킬 듯 빨아들였다. 그러자 클로에의 비명이 터져 나오며, 그녀의 두 손이 내 머리털을 파고들었고 엉덩이가 들썩거리며 자연스럽고 매끄럽게 리듬을 탔다. 클로에는 실크처럼 부드럽고 따뜻했다. 그녀의 두 다리가 내 어깨 위로 올라와 등을 타고 내려가더니 내 몸을 꽉 죄었다. 간절하게 애원하는 클로에의 신음 소리와 그녀의 움직임을 따라 바스락거리는 시트 소리밖에 들리지 않았다.

클로에는 내 혀의 감촉이 더 좋은지, 내 입술의 압박감이 더 좋은지 결정하지 못하는 것 같았다. 그래서 비밀스럽게 서둘러 섹스를 하는 바람에 애무를 거의 하지 못한 탓에 그녀에게 굶주려 있던 내가 결정을 내렸다. 나는 입술로 그녀의 여성을 감싸고 빨아들이면서 내가 그녀를 얼마나 거칠고도 부드럽게 사랑하는지를 상기시켰다.

'난 당신에게 완전히 빠져 있어.'

클로에가 잠에서 깨어나 열정적으로 돌변했을 때 그녀의 여성에서 흘러나오는 향기와 아름다운 몸의 굴곡, 내게는 그 어느 것 하나도 낯설지 않았다. 처음에는 그녀를 희롱만 하려고 했지만 그럴 수는 없었다. 클로에가 오르가슴을 느끼면 나도 곧 그 뒤를 따랐으니까. 클로에가 빠르게 절정에 다다르면서 두 다리가 내 몸에서 떨어져 나가고 등이 활처럼 젖혀지더니 신음 소리가 멈추고 허벅지의 떨림이 잦아들었다. 클로에는 팔꿈치로 상체를 지탱한 채나를 바라보았다.

나는 클로에의 배꼽에 키스하면서 셔츠를 밀어 올려 그녀의 부드러운 가슴을 완전히 드러냈다.

"안녕, 우리 예쁜이들."

"오늘 밤 즐거웠어요?"

클로에가 여전히 잠과 쾌락에 취해 잠긴 목소리로 말했다.

"무척이나 흥미로운 밤이었지."

나는 클로에의 가슴 아래쪽을 살짝 깨물고, 봉긋한 가슴을 혀로 쓸어 올라가 젖꼭지를 핥았다.

"베넷?"

나는 그녀의 가슴을 부드럽게 희롱하는 짓을 멈추고 고개를 들었다. 클로에의 얼굴에 불안이 서려 있었다.

"음?"

"당신 진짜 괜찮아요? 내가 당신 총각파티를 망쳐놨는데도? 사실 당신의 총각파티 첫날 밤을 내가 빼앗았잖아요."

"클럽에서 당신이 주도권을 쥐기로 마음먹었을 때 내가 놀랐다고 생각해?"

클로에는 눈을 감고 살짝 미소를 지었다. 하지만 그것도 잠깐뿐이었다.

"놀라지 않았다고 해서 내가 한 짓을 좋아한다는 뜻은 아니죠."

나는 클로에의 셔츠를 머리 위로 벗겨 올린 다음 손목에 걸쳐 그녀가 손을 움직이지 못하게 묶어두었다.

"총각파티는 주말 내내 즐길 수 있어. 당신이 그런 짓을 했다고 마음 상하지 않았으니까 걱정 마."

나는 몸을 숙여서 그녀의 목을 빨았다.

"사실 당신이 날 너무나 원해서 어리석고도 정신 나간 짓을 한 거잖아. 그런데 그런 짓을 더 이상 하지 않는다면 내 마음이 좀 아플 거야."

"조금요?"

목소리에서 클로에가 미소 짓고 있음을 알아차렸다.

나는 그녀의 얼굴을 내려다보았다. 머리카락이 부채처럼 베개에 쫙 펼쳐 있었고, 두 눈에는 욕망과 만족감이 반반 섞여 있었다. 나는 밧줄로 잡아당겨지는 것 같은 느낌이 들었다. 우리가 어쩌다가 이렇게 됐을까? 내 아래에 누워 있는 이 여자는 내가 몇 달 동안 지독하게 경멸했던 그 여자다. 내가 쉽게 타오르는 욕망과 증오를 동시에 품고, 가지고 또 가졌던 그 여자다. 그 여자가 지금 내 총각파티 날, 내 방에서 우리 할머니의 반지를 낀 채, 몇 달 전에 자기가 갖겠다고 한 내가 제일 좋아하는 티셔츠로 손이 묶인 채 누워 있다.

클로에가 머리를 기울여 내 눈을 바라보았다.

"뭐 해요?"

나는 침을 꿀꺽 삼키면서 눈을 감았다.

"그냥 옛날 일을 떠올렸어."

클로에가 잠시 동안 나를 유심히 살펴보았다.

"지금까지 있었던 모든 일을 떠올리고 있어. 그리고…."

"그리고 뭐요?"

"우리가 어떻게 사귀기 시작했는지… 사귀기 전에는 어땠는지 생각했어. 당신을 만나기 전에 사귀던 여자가 있었는데… 그날 밤에 대해서 당신에게 이야기하지 않은 것 같아."

내 아래에서 클로에가 웃었다.

"어머나, 아주 낭만적인 대화가 이루어질 것 같은데요."

클로에가 매끄러운 살갗을 내 물건에 대고 문지르면서 약간 꿈틀거렸다.

"그냥 들어봐."

몸을 숙여 클로에에게 키스하며 말했다. 나는 다시 몸을 일으켜 세우고 이야기를 계속해나갔다.

"그 여자는 밀레니엄 오개닉스의 기금 마련 행사에 같이 간 내데이트 상대였어. 당신도 그 자리에 있었는데…."

"기억나요."

클로에가 내 입술을 바라보면서 속삭였다.

"당신이 입고 있던 드레스는…."

내가 숨을 내쉬었다.

"젠장, 그 드레스는…."

"빨간색이었죠."

"맞아. 하지만 그저 그런 빨간색이 아니었어. 매혹적인 빨간색이었지. 당신은 마치 활활 타오르는 횃불 같았어. 마치 악마처럼… 그래, 악마 같았다는 게 훨씬 적절한 표현이지. 어쨌든 내 데이트 상대는 앰버였고…."

"금발 머리에 키가 크고 가슴 수술을 한 여자죠?"

클로에가 정확하게 기억을 떠올려 물었다. 나는 클로에가 2년이 지난 지금까지도 내 데이트 상대였던 여자를 기억할 정도로 내게 신경을 썼다는 사실에 약간 기분이 우쭐해졌다.

"그래, 그 여자야. 앰버는…."

나는 그날 밤에 얼마나 무덤덤한 심정이었는지를 떠올리면서 한숨을 쉬었다.

"좋은 여자였지만 당신이 아니었지. 나는 당신에게 완전히 사로잡혀 있었어. 하지만 삐뚤어진 방식으로 내 감정을 표출했지. 잠깐이라도 당신이 내게 반응하는 모습을 보고 싶어서 당신의 화를 돋울 방법을 찾으려고 애썼어. 당신을 화나게 만드는 게 좋았지. 당신이 내게 화를 내면 잠깐이라도 내 생각을 한다는 뜻이었으니까. 분노에 가득 찬 생각이라도 말이야."

클로에가 몸을 쭉 뻗어 내 목에 키스하고 가볍게 빨면서 또다시 웃음을 터뜨렸다.

"사이코패스처럼요."

"그날 밤에 당신은 바에서 술을 마시고 있었어."

나는 클로에의 말을 무시하고 이야기를 계속했다.

"내가 당신에게 다가가 농담을 던졌어. 그때 내가 무슨 말을 했는지 기억도 안 나. 하지만 지저분하고 시시한 농담이었던 게 분명해."

나는 눈을 감고서 일말의 관심도 보이지 않은 채 멍하니 나를 쳐다보던 클로에의 얼굴을 떠올렸다.

"당신이 날 쳐다보더니 깔깔깔 웃고는 술을 마신 뒤 그냥 가버렸어. 그때 난 엄청난 충격에 빠졌던 것 같아. 왜 그랬는지는 잘 몰랐지만 말이야. 내가 뭐라고 할 때마다 당신은 분노나 좌절감을 약간 드러내거나 좀 상처받은 것 같았어. 나는 그런 당신의 모습에 익숙했는데 완전히 무관심한 모습이라니… 젠장. 나한테 무관심한 거였어."

"당신이 무슨 말을 했는지는 나도 기억나지 않아요."

클로에가 솔직하게 말했다.

"하지만 무관심한 척하려고 무진 애를 썼던 건 분명해요."

"그 후에 얼마 되지 않아 앰버와 나는 그곳을 떠났어."

나는 한 손으로 클로에의 가슴에서 얼굴까지 부드럽게 어루만졌다. 그러고는 클로에의 눈을 바라보며 솔직하게 말했다.

"난 앰버와 잤어. 하지만 끔찍하기 짝이 없었지. 당신 생각만 떠올랐거든. 난 눈을 감고 당신을 만지면 느낌이 어떨지 상상했지. 당신이 오르가슴을 느낄 때 어떤 소리를 내는지, 어떻게 느끼는지를 상상하려고 했어. 바로 그때 절정에 다다랐지. 나는 당신 이름을 입 밖으로 내지 않으려고 베개를 깨물었어."

클로에가 날카롭게 숨을 들이마셨다. 그제야 나는 클로에가 숨을 참고 있었다는 사실을 알아차렸다.

"그 여자 집으로 갔나요? 아니면 당신 집으로?"

나는 클로에의 턱을 바라보며 손가락으로 쓰다듬다가 고개를 들어 다시 한 번 그녀와 시선을 맞추었다.

"앰버의 집으로 갔어. 그건 왜 묻지?"

"그냥 궁금해서요."

클로에가 어깨를 으쓱거리며 속삭이듯 말했다. 나는 클로에를 유심히 살펴보았다. 클로에는 뭔가 은밀한 궁금증에 사로잡힌 게 분명했다. 몸을 숙여 그녀의 귀에 키스하며 물었다.

"무슨 생각을 하는 거지?"

클로에가 미소 지으며 내 눈을 바라보았다.

"그냥 궁금한 게 있어서요. 그때 당신이… 어떤 자세를 취했을까 하는 생각을 했죠."

그 순간, 내 온몸의 피가 얼어붙는 것 같았다.

"그 이야기를 자세히 듣고 싶어? 내가 다른 여자와 하는 모습을 상상하고 싶어서?"

그 즉시 클로에가 어두운 눈빛으로 고개를 가로젓고, 티셔츠에 묶인 두 손으로 주먹을 꽉 쥐었다.

"당신이 내 생각을 어떻게 했는지 듣고 싶어요. 난 그냥… 그 이야기를 듣고 싶어요."

"나는 앰버 위에 올라타 있었어. 지금처럼."

내가 조심스럽게 말했다.

"우리는 그때 딱 한 번 섹스를 했지. 앰버는 내가 연인으로서는 꽝이라고 생각했을 게 분명해."

클로에는 몸을 꿈틀거려 부드러운 천에 묶인 두 손의 위치를 약간 바꾸고는 나를 바라보았다. '그래, 생각해봐, 생각해보는 거야.'

"그 여자와 섹스를 하기 전에요."

클로에가 내 입술을 바라보며 말했다.

"당신이 그 여자 집으로 갔을 때, 여자가 무릎 꿇고 입으로 해줬나요?"

나는 어깨를 으쓱거리면서 솔직하게 대답했다.

"그런 것 같아. 잠깐 동안 말이야."

"당신도 그렇게 해줬나요?"

"입으로 해줬냐고?"

내가 묻자 클로에가 고개를 끄덕였다.

"아니, 그러지 않았어."

"콘돔을 했어요?"

"난 항상 콘돔을 해."

내가 웃으며 말했다.

"아, 당신을 만나기 전에는 그랬지."

클로에가 미소 지으며 두 눈을 도르르 굴렸다.

"그렇군요."

그때 그녀의 두 다리가 내 허리를 스르르 감싸 올라왔다.

"날 만나기 전에 말이죠."

나는 엉덩이만 살짝 틀었다. 그러자 그녀 안으로 밀고 들어갈 수 있었다. 이렇게 클로에를 내려다보면서 적나라한 이야기를 나누고 있으니 기분이 더할 나위 없이 좋았다. 우리 사이에 비밀이 없으니까.

"그 여자가 오르가슴을 느꼈나요?"

클로에가 물었다.

나는 한숨을 쉬면서 대답했다.

"그런 척했지."

클로에가 웃으면서 나를 더 잘 보려고 머리를 베개에 눌러 젖혔다.

"확실해요?"

"물론. 조금 과장하지만 않았다면 아주 인상적인 노력이었어."

"불쌍해라. 그 여자는 자기가 뭘 놓쳤는지도 몰랐겠군요."

"그게 회의실에서 당신과 그런 일이 있기 며칠 전이었지."

나는 클로에의 입가에 키스하면서 속삭였다.

"그때 이미 당신에게 빠졌던 것 같아. 그래서 그날 밤을 돌이켜 생각할 때마다 내가 당신을 두고 바람피운 것처럼 느껴져. 그런데 오늘 밤에 눈가리개를 한 채 낯선 여자의 에로틱한 춤을 즐기려고 기다리다가 당신한테 들켰지. 그래서 죄가 될 만한 일을 모두 털어놓고 싶었어. 그래서 지금 당신에게 앰버 이야기를 하는 것 같아."

클로에가 눈을 크게 뜨더니 정색하고 말했다.

"맙소사, 그렇게 생각하지 말아요. 앰버와 잤던 일이나 오늘 밤에 다른 여자의 춤을 즐겼다 해도 그건 바람피운 게 아니에요."

"난 그런 짓을 하지 않을 거야."

내가 긴장된 목소리로 말했다.

나는 클로에의 머리 위로 손을 뻗어 그녀의 두 손을 풀어주고 손목을 부드럽게 어루만졌다.

"당신인 걸 알아차리기 전까지는 흥분하지 않았다는 걸 당신도 알잖아. 난 당신을 두고 바람피울 수 없어."

클로에가 고개를 끄덕였고, 나는 그녀의 목에서 부풀어 오른 입술까지 키스했다. 얼마 전에 내가 그녀를 거칠게 다뤄서 입술이 부풀어 오른 것이 분명했다. '제기랄, 클로에의 온몸이 쓰리고 아플 게 분명해.' 그럼에도 클로에는 양팔을 아래로 내려 우리 몸 사이로 집어넣더니 내 단단한 거기를 잡고 자기 다리 사이의 주름진 곳에 문지르기 시작했다.

클로에가 내게 키스하면서 조용히 신음 소리를 흘렸다.

"당신한테서 나와 같은 맛이 나요."

"어떻게 그럴 수 있지?"

내가 클로에의 아랫입술을 깨물며 물었다. 클로에는 갑작스럽게 다급한 몸짓으로 엉덩이를 기울여 내게 들이밀었다.

"천천히."

내가 뒤로 물러났다가 천천히 그녀 안으로 들어가면서 속삭였다.

"너무 빨리 하지 마."

젠장. 클로에는 꿀처럼 달콤하고 부드러웠다.

"정말 좋아. 이 느낌은 언제나 지독하게 좋아, 클로에."

"그건 그렇고 어떻게 알았어요?"

나는 엉덩이를 뒤로 빼고 잠시 멈춰서 그녀의 질문을 곰곰이 생각해보았다.

"당신 몸이 쓰리고 아픈 걸 어떻게 알았냐고?"

클로에가 고개를 끄덕였다. 클로에는 내가 알아차린 그녀의 사소한 변화를 모두 이야기해주는 걸 좋아했다. 내가 주의 깊게 자기를 살펴주는 걸 좋아했다.

"좀 전에 화장실에서 내가 손가락을 좀 험하게 놀렸잖아."

클로에가 양손으로 내 등을 어루만지며 신음 소리를 냈다.

"화장실에서 내가 특별히 부드럽게 하지도 않았고 말이야."

"전혀 그렇지 않았죠."

클로에가 속삭이고는 고개를 돌려 내 어깨를 핥았다. 나는 천천히 그녀 안으로 들어갔다.

"그래서 방금 전에 당신 입술에 키스했을 때 약간 부풀어 있는 걸 알아차렸지. 내가 한 짓을 생각하면 그럴 만도 해."

"더 가까이 와요. 더 빨리요, 제발."

클로에가 숨을 헐떡였지만 나는 속도를 높이지 않았다.

"더 빨리는 안 돼."

그녀의 귓가에 입술을 대고 단호하게 말했다.

"이번에는 내가 미칠 정도로 천천히 하는 거야. 그래야 당신을 구석구석까지 모두 느낄 수 있고, 당신의 신음 소리를 하나도 빠짐없이 들을 수 있으니까. 이불 속에서 내가 당신 안으로 들어가는 광경이 어떠한지 상상할 수도 있지. 내가 당신에게 몇 번이나

오르가슴을 안겨주는지도 생각할 수 있고. 침대나 화장실에서 격하게 당신 안으로 돌진할 때는 그런 생각을 전혀 못해."

클로에의 숨소리가 약해졌다. 클로에는 숨을 참으면서 오르가슴을 느끼게 해달라고 말없이 몸짓으로 애원했다. 클로에의 두 손이 내 등을 쓰다듬다가 목과 얼굴을 더듬어 올라왔다. 내 살갗을 서늘하게 짓누르는 클로에의 약혼반지가 느껴졌다.

'젠장, 이 여자가 내 아내가 되어 내 아이를 낳고, 내 집에서 함께 살며 내 인생으로 걸어 들어올 거야. 내가 거의 제정신이 아닌 상태로 늙어가는 모습을 지켜보겠지. 그래도 나를 사랑하겠다고 약속할 거야.'

나는 두 팔을 쭉 뻗어 상체를 일으켰다. 그러자 그녀 안으로 들어가는 내 모습을 지켜보면서 그 느낌을 음미할 수 있었다. 하지만 클로에가 두 손으로 내 얼굴을 감싸더니 내 시선을 붙잡았다.

"여기 봐요."

나는 숨을 돌리려고 애썼다. 내 이마에서 클로에의 가슴으로 달콤한 땀방울이 떨어졌다.

"응?"

클로에가 자기 입술을 핥고는 침을 꿀꺽 삼켰다.

"당신을 너무나 사랑해요."

클로에의 엄지손가락이 내 입술로 미끄러져 들어왔다. 내가 그

손가락을 세게 깨물자 클로에가 긴장된 신음을 내뱉었다.

"그리고 주위에서 무슨 일이 일어나더라도….'

"말 안 해도 알아."

우리는 간절한 눈빛을 교환하면서 말없이 동의했다. 서로를 아무리 가져도 충분하지 않을 것이며, 어쩌면 이렇게 서로를 애무하는 게 우리에게 가장 좋은 시간일지도 모르고, 각자 떨어져 지내는 일은 절대 없으리라는 데 동의했다. 그렇기 때문에 클로에가 내 총각파티를 망쳐놓았지만 내일까지 이곳에 머무는 것이다. 그렇기 때문에 내가 클로에와 같은 도시에 있다는 사실을 알았을 때 그녀 곁에서 떨어져 지내지 못하는 것이다.

그리고 지금 클로에가 사지를 축 늘어뜨린 채 달뜬 모습으로 내 아래에 누워서 자기가 원하는 것을 가지려고 다급하게 엉덩이를 내게 밀어붙이고 있다. 클로에는 언제나 내 여자일 것이다. 집에서도, 일터에서도, 침대에서도. 이렇게 생각하자 곧장 오르가슴에 도달해 쌀 것 같았다. 클로에도 절정에 가까워졌지만 불행히도 내가 먼저 느낄 것 같았다.

"어서 느껴. 자기야, 난 더 이상….'

클로에가 두 손으로 내 엉덩이를 꽉 움켜쥐고 머리를 뒤로 젖혀 베개에 밀어 넣었다.

"제발."

내 온몸이 긴장으로 팽팽해지고 엉덩이가 거칠게 앞뒤로 움직였다. 나는 오르가슴을 간신히 억누르고 있었다.

"젠장, 지금이야, 클로에."

내가 클로에에게 영향을 미치는 그 효과가 떨어질까 봐 자주 내지 않는 목소리가 흘러나왔다. 가슴까지 붉어진 클로에가 등을 활처럼 젖히며 허벅지를 높이 세워서 나를 자기 안으로 깊이 받아들였다. 그녀의 입술이 벌어지면서 날카로운 외침 소리가 흘러나왔다. 그와 동시에 클로에가 내 아래에서 오르가슴을 느끼며 녹아내렸다.

클로에가 절정에 다다르는 모습은 아무리 봐도 지겹지 않다. 피부가 붉게 달아오르고, 나를 바라보는 눈빛이 마치 약에 취한 것처럼 어두워지며, 내 이름을 뱉어 내는 그 입술이란…. 그 모습을 볼 때마다 내가 클로에에게 그런 쾌락을 안겨줄 수 있는 유일한 남자라는 사실이 떠올랐다. 클로에의 지친 두 팔이 떨어져 나갔고, 혀가 살짝 밖으로 나와서 입술을 촉촉하게 적셨다.

"젠장."

클로에가 몸을 떨면서 속삭였다.

나는 마침내 절정의 순간에 이르러 클로에가 나를 감싸고 죄어오는 그 느낌에만 집중한 채, 수문을 활짝 열어 내 모든 것을 쏟아 내면서 온몸을 숙였다. 그녀의 감촉, 그 촉촉한 감촉에… 나는 절정에 이르러 등을 뒤로 젖히며 조용하게 메마른 외침을 토해 냈다.

내 외침이 천장에 부딪혀 메아리칠 때 나는 클로에 위로 부드럽고도 묵직하게 무너져 내렸다. 그녀의 부드러운 목에 둥지를 틀고 적어도 사흘 동안 잠들고 싶었다.

클로에가 내 몸무게에 짓눌려 끙끙대며 웃었다.

"이만 내려오시죠, 헐크 씨."

나는 몸을 굴려 매트리스에 쿵 하고 떨어지다시피 내려가 그녀 곁에 누웠다.

"젠장, 클로에. 이건 정말…."

클로에가 내 품으로 파고들며 가르랑거리는 목소리로 말했다.

"아주, 아주 좋았죠."

클로에는 몸을 뻗어 내 턱을 깨물면서 속삭였다.

"난 적어도 십 분은 쉴 작정이에요. 그리고 나서 다시 해요."

나는 웃음을 터트렸다. 하지만 다시 할 생각을 하자 웃음이 거친 기침으로 변했다.

"맙소사, 이 여자야. 나는 그보다 더 오래 쉬어야 할지 몰라. 얼마 동안은 그냥 날 좀 안아줘."

클로에가 내 목에 살짝 키스하며 속삭였다.

"당신이 베넷 밀스가 되는 날이 빨리 왔으면 좋겠어요."

나는 두 눈을 크게 떴다.

"뭐라고?"

나지막하고 허스키한 클로에의 웃음소리가 내 피부에 느껴졌다.

"들었잖아요."

만화로 보는 민주주의

펴낸날   초판 1쇄 2016년 9월 28일

지은이   크리스티 돌핀
몽긴이   이미정
펴낸이   심만수
펴낸곳   (주)살림출판사
출판등록   1989년 11월 1일 제9-210호

주소   경기도 파주시 광인사길 30
전화   031-955-1350   팩스 031-624-1356
홈페이지   http://www.sallimbooks.com
이메일   book@sallimbooks.com

ISBN   978-89-522-3481-0 03840

※ 값은 뒤표지에 있습니다.
※ 잘못 만들어진 책은 구입하신 서점에서 바꾸어 드립니다.

한국어판 © 살림출판사이 출판사의 동의 없이 무단 전재 및 복제를 금합니다.

이 도서의 국립중앙도서관 출판예정도서목록(CIP)은 서지정보유통지원시스템 홈페이지
(http://seoji.nl.go.kr)와 국가자료공동목록시스템(http://www.nl.go.kr/kolisnet)에서
이용하실 수 있습니다.(CIP제어번호: CIP2016022174)

책임편집 · 교정교열 배주영